Jorge Gómez Soto

La chica del andén de enfrente

ALA TERRAROJA

gran angular

sm

www.literaturasm.com

Primera edición: noviembre 2000
Decimosexta edición: junio 2012

Dirección editorial: Elsa Aguiar

Impresores, 2
Urbanización Prado del Espino
28660 Boadilla del Monte (Madrid)
www.grupo-sm.com

ATENCIÓN AL CLIENTE
Tel.: 902 121 323
Fax: 902 241 222
e-mail: clientes@grupo-sm.com

ISBN: 978-84-348-7369-8
Depósito legal: M-44941-2009
Impreso en la UE / *Printed in EU*

A todos mis amigos.

A los que no vuelva a ver.

A los que conozca mañana.

Y a todos los que haga este libro por su cuenta.

1
EL MURO Y EL MUÑECO PARLANCHÍN

Miguel

Lo de que mi hermano gemelo y yo somos iguales ya no se lo creen ni los pesados que me señalan con el dedo y me dicen, como si estuviesen haciendo una gracia, tú eres Eduardo, ¿verdad? Me dan ganas de estrangularlos, aunque sean familiares cercanos. ¡Qué voy a ser Eduardo! Soy Miguel, tanto cuesta darse cuenta, Miguel: M-I-G-U-E-L. ¿La gente es tan lerda como para no saber diferenciarnos? Somos casi iguales físicamente, lo admito, pero basta con observarnos durante unos segundos para darse cuenta de quién es quién. El que viste aún con la ropa que le compra mamá, el que no se integra con la gente, el que se pone colorado cada vez que una chica se acerca a cinco metros a la redonda es él y no yo. Basta ya de ¿y tú quién eres? Lo peor de todo es que a mis padres parece seguirles haciendo gracia la broma, y cada vez que alguien la suelta, se ríen como si fuese la primera vez que oyen semejante ocurrencia. Llevo diecisiete años buscando alguna ventaja de tener un hermano gemelo y a este paso me iré de casa —o se irá él— y me quedaré sin saberlo. La gente cree que es un chollo, que puedes compartir la ropa, inquietudes, suplantar la personalidad del otro en exámenes o citas con chicas, pero eso no son más que mitos. En realidad, si alguno de mis ligues se encontrase con mi hermano en lugar de conmigo, sufriría un trauma que fácilmente derivaría en un estado de pesimismo permanente. «¿Cómo alguien tan brillante puede convertirse en alguien tan gris de un día para otro?», se preguntaría mientras piensa una excusa creíble para salir del paso de la forma más decente posible y abrirse antes del primer bostezo. Con respecto a los exámenes, tampoco serviría de mucho, Eduardo es casi tan zopenco como yo. ¡Qué casi, mucho más! Es verdad que yo saco peores notas que él, pero es que por cada minuto que yo paso en mi cuarto él se tira una hora en el suyo. El tío adora su cuarto, es como su santuario privado, mientras que para mí no es más que un sitio para dormir, oír música cuando en la tele no dan nada interesante o hacer que estudio con un *Manga* o una revista porno debajo del correspondiente libro de texto. Lo de mi hermano con los libros es algo preocupante. Ayer nos dijo el profesor de matemáticas que las estadísticas son curiosas, ya que si uno tiene cien mil pesetas y otro cero, resulta que estadísta camente ambos tienen cincuenta mil. Qué chollo para el pobre, aunque ya me gustaría verle comprando algo con dinero estadístico. Ande, buen hombre, márchese a una tienda estadística. ¿Y dónde hay una de ésas? Todos se encogerían de hombros y el pobre abandonaría la tienda guardándose la calderilla en un bolsillo estadístico. Todo esto venía a cuento... ah, sí, para explicar que en mi cuarto hay, según esta teoría tan justa y distributiva, algo así como doscientos libros. Lo que sucede es que cuando voy a leer uno me pasa lo mismo que al pobre en la tienda, que no está. Todos los que hay —alrededor de cuatrocientos— son de Eduardo. Todo lo que yo me gasto en salir por ahí, él se lo gasta en libros. Tiene una pared entera llena, y aunque su cuarto y el mío son de idéntica dimensión, el suyo parece mucho más pequeño. Yo, las pocas veces que entro, me siento incómodo, como pisando territorio extranjero, como si entrar en su cuarto fuese salir de casa. Lo primero que me inquieta es la enorme estantería. Está nada más entrar a la derecha, y parece que todos los libros se fuesen a caer de un momento a otro. Eduardo dice que la estantería no está inclinada, pero no niega que desea que algún día se me caigan todos encima.

—Será la única forma de que entres en contacto con la cultura.

Lo peor de mi hermano, y mira que tiene cosas malas, es que va de guay, de incomprendido, de estar en otro nivel por encima del resto de los mortales, de pasar de todo aquello de lo que los demás no pasamos y de interesarse por lo que a todos nos aburre. En mi aún corta vida ya me he tropezado con más de uno así, aunque sin duda no tan exagerados como Eduardo. Los reconocerás fácilmente: son los que si todo el público sale del cine flipando con la película, dice que le ha parecido un rollo; los únicos que no se ríen cuando el chistoso del grupo, yo, por ejemplo, suelta una parida grosera para crear buen rollo. Lo que no se conoce de estos tipos es que en casa son iguales. Estás tan tranquilo echándote una partida con el ordenador y se te planta enfrente, no dice nada, simplemente te mira con esa sonrisa inaguantable de superioridad que vale por mil frases del estilo de «eres el ser más simple con el que me he cruzado en mi vida». Yo disimulo, hago como que no lo veo, pero siento cómo su mirada llega desde un lado del monitor y, por su culpa, siempre terminan matándome alguna vida. La verdad es que tengo ganas de perderle de vista cuanto antes, no me cuesta decirlo, aunque sea mi hermano. ¡Pero si es que no me ha dejado en paz ni el día en que nací! No había terminado de salir y ya estaba el otro empujándome con su cabezota. Y unos años después me dice que, aunque él haya nacido más tarde, legalmente él es el mayor. Y va y resulta que tiene razón. ¡Pero hay quien entienda estas leyes! Lo peor de todo es que cuando discuto con él siempre encuentra algo diferente para que las últimas palabras ingeniosas sean las suyas, porque mi posterior réplica suele ser insulto o un empujón. A cualquiera le podría parecer que odio a mi hermano porque le envidio, ¡ja!, el día que yo envidie a mi hermano mereceré compasión, hasta entonces que nadie se confunda. Las cosas claras: podrá leer todo lo que quiera y llegar a ser brillante de vez en cuando, pero el que está vivo soy yo. Eduardo es un muro, un muro que separa dos terrenos abandonados. A sus pies no crece la hierba, los pájaros no tienen nada que picotear, un muro condenado a la erosión. ¡Pero basta ya!, que parece que estuviese pensando Eduardo desde dentro de mí, y sólo faltaría eso. Un muro que separa dos terrenos abandonados... cómo se me habrá ocurrido esta chorrada.

Eduardo

LAS personas suelen decirse las mismas cosas siempre que se reencuentran. Son así de simples. Mi padre es un consumado especialista en esto. Por ejemplo, siempre que ve al Tocho, el amigo más alto de Miguel —mide casi dos metros—, le dice: ¿qué tal tiempo hace por ahí arriba? Y cuando digo siempre es siempre, no se le escapa ni una. El Tocho ya no sabe si echarse a reír o a llorar. O el vecino del primero que saca a pasear al perro, pobre hombre. Ya está harto de ver cómo se acerca sonriendo su adorado vecino —mi padre— para, indefectiblemente, decirle al perro: ¿qué, sacando a pasear al dueño?, ¡ten cuidado, no vaya a morder a alguien! Reprimiendo sus impulsos de lanzarle al perro, mi vecino suele sonreír. El mundo está lleno de asquerosas sonrisas falsas y de cerebros vacíos. La sinceridad y la originalidad comparten tumba. Estoy harto de este tipo de comportamientos porque los he sufrido, y los seguiré sufriendo, en carne propia. Mis tíos segundos, las visitas, los profesores, todos tienen su frase preparada para cuando nos ven a Miguel y a mí juntos. El único gracioso y original es un paciente de mi madre, Rogelio, un maníaco depresivo de esos que un día no pueden ni saludar y otro se te ponen a largar y no encuentras el momento de escaparte. Pues Rogelio, el primer día que nos vio juntos, antes de entrar en la consulta que tiene mi madre en casa, se puso al lado de mi hermano, se quedó mirando hacia un punto impreciso a mi lado, le dio un codazo a Miguel y le dijo: no me veo reflejado, debo de ser un vampiro, ya me olía yo algo. Y cada día una nueva no menos ocurrente, siempre que esté en la fase alta de su penoso e infinito ciclo, claro. Últimamente, y como diría un taurino, se recrea en la suerte. Sabe que mi hermano y yo nos hemos acostumbrado a recibirle y se monta casi una coreografía. El otro día, sin ir más lejos, llegó con una gabardina y un paraguas a pesar del calor que hacía en la calle. Mezcla de risa y asombro en nuestras caras. Entonces él, ni corto ni perezoso, y desoyendo las reglas fundamentales de la superstición, abrió el paraguas en pleno salón, nos miró al uno y al otro y se dijo: parece que han caído dos gotas. Estuvo original, no voy a decir que no, pero lo de las gotas de agua ya huele. Además, yo seré una gota de agua, pero mi hermano es una de calimocho. Estoy más que harto de mi hermano, podía haber nacido diez años antes o después que yo, o no haber nacido, fíjate qué fácil. Para seguir con lo de las gotas, él es el líquido que llena el vaso y la gota que lo colma al mismo tiempo. Miguel cumple todos los requisitos del perfecto idiota, no se deja ni uno. Menos mal, de todas formas, que no salimos siameses, unidos por alguna parte del cuerpo. Eso sí que habría sido un suplicio. Llevo diecisiete años aguantándole y no veo el día de perderle de vista. Lo peor de tener un hermano gemelo es que tú no eres del todo tú. A los ojos de los demás no soy simplemente Eduardo, sino uno de los gemelos. No me dejan ser yo mismo. Siempre que me ven, están viendo también a Miguel. Me acompaña hasta cuando no viene conmigo. Es demasiado. ¿Por qué tuvo que colarse ese espermatozoide que luego se llamaría Miguel en el mismo óvulo? Menos mal que me las arreglé para salir el último, lo que me concede el privilegio de la primogenitura. «Eso es lo perfecto», escribió Unamuno, «una parejita de gemelos (...) que han estado abrazados cuando no sabían nada del mundo». Es precioso, no lo voy a discutir, pero de perfecto nada. Yo creo que mi hermano y yo somos un reto entre cromosomas y genes: a ver si creamos dos seres absolutamente iguales físicamente y absolutamente opuestos en su forma de ser. Y de veras que lo han conseguido. Yo a Miguel le asocio con la palabra fuera, y a mí con la palabra dentro. Es algo muy simple pero que nos define muy bien en todo. Él es el simpático, el abierto, el graciosete, el centro del mundo, el que habla durante horas sin decir una sola palabra interesante... Su cerebro ha puesto un anuncio en el periódico solicitando un cuerpo que le dé algo de trabajo. Encima el tío se burla de que me guste leer y escribir.

—Estás perdiendo el tiempo —me dijo el otro día mientras se arreglaba para salir de juerga.

Yo levanté la vista del libro.

—Tienes razón, debería hacer lo que tú: arreglarme, salir, ponerme hasta arriba y volver a casa a gatas.

—Vete a tomar por culo.

—Te voy a tener que lavar la boca con jabón, y luego el calimocho te va a saber fatal.

—Eres un autista. Deberías decirle a mamá que te tratase.

—Sabes perfectamente que el paciente no puede tener vínculos sentimentales con el psicólogo. Teniendo en cuenta esto, al único que podría tratar mamá es a ti.

Pobrecillo. No hay un combate dialéctico que no le

gane por K.O. ¿Qué se puede esperar de alguien que te dice que no tendría una estantería tan grande como la mía, con tantos libros, porque hace el cuarto más pequeño? Podría intentar hacerle ver que sucede al contrario, que mi cuarto es tan grande que en él caben mares, campos de fútbol, parques, ciudades, naves espaciales, princesas que se peinan en la torre de un castillo junto al mar... En este cuarto tan pequeño, podría decirle, hay millones de personajes que ríen, lloran, cantan, bailan, piensan, esperan, traicionan, sueñan... Podría, pero no me apetece. Él cree que estoy solo. Lo que no sabe es que jamás sentirá la décima parte de lo que yo puedo sentir en este cuarto que los libros hacen pequeño. Hay un aspecto en que este zopenco es consecuente consigo mismo: en sus gustos cinematográficos. Un día hicimos un pacto. Yo me tragaba su película favorita y él veía la mía. Me puso la de *Dos tontos muy tontos*. Miguel se reía escandalosamente a cada segundo, se tiraba del sofá, me agarraba y señalaba la pantalla: ¡mira, mira, esto es lo mejor! Ja, ja, ja. ¿Has visto?, se mea encima para entrar en calor. Ja, ja, ja. Acabó la película y me preguntó mi opinión. Yo me quedé mirando alternativamente a la pantalla y a él y le dije:

—Debería llamarse *Tres tontos muy tontos*.

Discutimos un rato, e incluso me amenazó con no ver la mía, pero al final accedió. Un trato es un trato. Yo ya debía haber visto *Casablanca* unas quince veces, pero nunca me importa volverla a ver. Después de la ya mítica última frase le pregunté que qué le había parecido. Si me respondía que le había conmovido, que a partir de ahora se interesaría más por mis cosas, o algo por el estilo, estaba dispuesto a que éste fuese el comienzo de una gran amistad.

—Tiene sus puntos, como cuando el alemán le pregunta a Humphrey: «¿nacionalidad?»; y responde: «borracho».

¡Tiene sus puntos! ¡Fue lo único que se le ocurrió después de ver la historia de amor más maravillosa de todos los tiempos! En ese momento no encontré una frase ingeniosa para dejarle humillado. Sentí lástima por él, simplemente. Será un dechado de simpatía, ligará más que yo, será todo lo relaciones públicas que quiera, pero no sabe disfrutar lo bueno. Es un muñeco de esos que le aprietas en la tripa y te suelta una parrafada sin saber lo que dice. Miguelín, el muñeco parlanchín.

Miguel

Los días de instituto nos levantamos a las ocho menos cuarto. A esa hora mi padre ya ha salido de casa y mi madre está durmiendo, pues a la consulta no suele venir nadie hasta media mañana. Por tanto, desde que nos despertamos hasta que nos vamos al instituto estamos solos. Aun así, ni nos damos los buenos días, ni hablamos más que lo absolutamente imprescindible. Con el tiempo, hemos ido diseñando un plan de acción para cruzarnos lo menos posible. Nada más levantarme, me meto en el cuarto de baño. Mientras me ducho y me visto, él desayuna y hace la cama, y viceversa.

Normalmente nuestros despertadores suenan a la vez, pero hoy sólo suena el mío. Antes de incorporarme, escucho ruidos por la casa. Será mi padre, que va tarde al trabajo. Cuando voy a meterme en el cuarto de baño, descubro que está cerrado. Eduardo me dice desde dentro que no tardará en salir. ¿Qué hace éste en el baño? Me asomo a su cuarto. Yo alucino. Ya tiene la cama hecha. Ha puesto la alarma veinte minutos antes y por eso no ha sonado a las ocho menos cuarto. Extrañado por este cambio, voy a la cocina y me pongo a desayunar. Eduardo sale ya vestido y viene a la cocina. Se calienta la leche y se sienta en la mesa conmigo. Aquí pasa algo raro, muuuuy raro. Cada uno mira su vaso. Es un silencio tenso.

—Miguel... —me dice, ahora mirándome.

—¿Qué? —le respondo a la mesa, tratando de que parezca que me importa tres pimientos lo que quiera contarme.

—Voy a ir en autobús.

Y no se ha hablado más. Se hartará de llamarme borrico, pero lo he entendido perfectamente, no he necesitado más explicaciones.

Eduardo y yo íbamos a distintas clases hasta que ambos tuvimos que repetir —no de común acuerdo, yo incluso habría preferido que él hubiese pasado de curso— y la fatalidad, o el jefe de estudios, quiso que este año nos tocase en la misma clase. El primer día, encima, nos sentaron juntos, por el apellido. Era la releche. No bastaba con que estuviésemos viviendo en la misma casa, con que fuésemos al mismo instituto, a la misma clase, no, encima teníamos que compartir pupitre. Trazamos una línea divisoria del tablero. El lado izquierdo era suyo y el derecho mío. Así de claro. El segundo día de clase, comprobé con satisfacción que su bolígrafo había traspasado la línea. Sin dudarlo un instante, lo cogí con ambas manos y lo partí ayudándome de la rodilla.

—¿Eres imbécil? —gritó mi hermano en medio de la explicación del profesor, que nos invitó amablemente a, como él decía, vigilar el pasillo.

Al tercer día, fui a hablar con la tutora y le pedí, casi le supliqué, que me cambiase de sitio. Le expliqué que no nos tragábamos y que la cosa podía terminar de pena. La tutora accedió, ya le había llegado la queja del profesor que nos echó de clase. Eduardo no me dijo nada, pero sé que no le hizo ni pizca de gracia, no que nos separasen, por favor, él también lo deseaba, sino que hubiese sido yo y no él quien lo solicitase. Lo que no sabía es que aún me la tuviese guardada, porque lo de hoy ha sido para devolvérmela, el muy rencoroso. Se puede ir al instituto en metro o en autobús, pero lo más cómodo es el metro, pues tenemos la boca al lado de casa y encima va más rápido. Para llegar a la parada del autobús hay que andar, no mucho, pero a nadie le apetece a las ocho y pico de la mañana; y además tarda en su recorrido como quince minutos más. En el subsuelo no hay atascos. Lo que ha querido decir mi hermano con esto es que me odia tanto que es capaz de levantarse veinte minutos antes y andar hasta la parada del autobús. A cualquier otra hora del día da igual, pero veinte minutos a estas horas de la mañana son la frontera entre la vida y la muerte. Mírale, ahí sentado, el canalla, bebiendo a sorbitos la leche, recreándose en su pequeña victoria. Lo que no sabe es que un fracasado nunca puede acabar venciendo. Dentro de tres días, cuando no pueda ni con sus párpados, se tirará de los pelos hasta arrancárselos, y yo estaré en mi vagoncito, sentado o de pie, me da lo mismo, con mi *walkman* a toda pastilla, tan ricamente. El caso es que cuanto más lo pienso, menos me parece una victoria lo de Eduardo. Si total, lo de ir juntos en el metro era casi un decir. Salíamos mudos de casa. Así llegábamos al andén. Si estaba el metro, lo cogíamos, y si no, esperábamos sentados. Eduardo abría la mochila, sacaba un libro y el mundo se acababa para él. Ya le podían empujar en el vagón, ya podía subir el volumen de la música para incordiarle, que él no separaba la vista de las páginas del libro. De vez en cuando miraba con el rabillo del ojo para ver por qué estación íbamos, pero nada más. Yo, si fuese carterista, buscaría tíos como mi hermano. Un día de estos le dejan en pelotas y ni se entera, mientras que no le toquen el libro, claro. Cuando llegaba la estación del instituto, guardaba el libro, nos bajábamos y poco más. Normalmente en la boca del metro estaban mis colegas y allí me quedaba con ellos, unas veces para ir a clase y otras a los futbolos o al parquecillo. Eduardo seguía su camino hasta el instituto y, cuando yo llegaba, él siempre estaba en clase, sentado en su silla, a su bola. Me imagino que esto último no cambiará aunque vayamos por distintos caminos.

Termino rápido el desayuno, no quiero seguir expuesto a su mirada de superioridad. Tengo que reconocer que cuando se siente a gusto consigo mismo, algo que por suerte no pasa muy a menudo, no hay quien le mire. Te puede hundir, el mamón. Así que dejo el vaso en el fregadero, y me encierro en el cuarto de baño. Todavía tengo tiempo para una buena ducha. Al otro lado de la puerta, y amortiguado por el sonido del agua, escucho la cremallera de la mochila de Eduardo, a continuación unos pasos que se alejan y finalmente el portazo definitivo. Lo peor de todo es que encima saldrá contento y todo. Ahí te pudras, chaval, el que está ahora a gusto debajo de la ducha soy yo. Salgo del baño. Es curioso, pero me siento totalmente liberado. No tengo que estar en constante tensión tratando de evitarle. Puedo moverme libremente por la casa. ¡Cómo envidio a los hijos únicos! Esos sí que se lo tienen que montar bien. Conozco a alguno y se queja de que al estar él solo le caen todas las broncas a él. ¿Y qué es una bronca más o menos en comparación con la libertad? Seguro que a él le han echado menos por hijo único que a mí por chivatazos de mi hermano. Aún recuerdo el peor. Fue a principios de año, justo el primer día que falté a clase para ir a echar unos futbolos con los colegas. Eduardo llegó a casa con una sonrisa muy poco prometedora. No dijo nada en toda la tarde, hasta que nos sentamos a cenar.

—¿Qué tal os ha ido la clase hoy? —se le ocurrió preguntar a mi madre.

Lo preguntaba todos los días, pero a mí me pareció el primero, como si justo hoy sospechase algo. Yo apreté los dientes. La sonrisa de mi hermano se hizo más amplia. No había duda, la había cagado.

—Pregúntamelo a mí, porque creo que Miguel no va a saber contártelo.

Mis padres al principio no reaccionaron. Parecía que tuviesen tan asumido que yo jamás faltaría a clase, que antes pensaban que Eduardo se estaba metiendo con mi capacidad de expresión. Pero al cabo de unos segundos, mi madre dio un respingo.

—¿Qué quieres decir con eso?

—Pues lo que he dicho, que pretender que Miguel te cuente lo que ha pasado en clase es como pretender que yo te cuente lo que ha pasado en la sala de juegos.

Pocas veces he sentido tanto odio hacia él. Mis padres me castigaron sin paga y sin salir, y mira que a mis padres les cuesta castigarnos. Me seguía juntando con los colegas en la boca del metro, pero los días en que decidían ir a echar un rey del futbolín, yo tenía que ir a clase. Todos estaban sorprendidos por la imbecilidad de mi hermano. Y os quedáis cortos, les respondía yo. Hicimos mil planes: pegarle una paliza, amenazarle..., pero me parecían demasiado fuertes. No sabía qué hacer, todo estaba fatal. Si esto seguía así, me pasaría el resto del curso sometido a mi hermano, como un esclavo, y lo peor de todo es que no veía una forma de que cambiasen las cosas. Cuando ya daba todo por perdido, sucedió el milagro. Estábamos toda la panda en el patio, excepto el Tocho, que había salido fuera a comprarse un bollo. Cuando llegó, traía el puño libre apretado en señal de victoria y me miraba a mí. No esperó a que le preguntásemos qué pasaba.

—La solución a tus problemas, Miguel.

—¿Qué?

—¿Quién es tu mayor problema?

—Mi hermano, por descontado.

—Pues a partir de hoy va a dejar de serlo.

Resultó que el Tocho había ido a por el bollo a una pastelería más alejada porque a la que íbamos habitualmente estaba hasta arriba. De camino, había visto a mi hermano. Estaba sentado en un banco. En una mano sostenía un libro, ¿y en la otra? En la otra un cigarrillo. Ja, mi hermano fumando. No me lo podía creer, era demasiado bonito para ser verdad. Mi primer impulso fue contárselo esa misma tarde a mis padres, pero mis colegas me dijeron que no lo hiciese. Saldría ganando. Aquel día, mientras volvíamos a casa, le dije:

—Mañana no voy a ir a clase.

—Me parece muy bien —respondió con soberbia; aún no sabía que quien tenía ahora la sartén por el mango era yo.

—Y tú no vas a decir nada en casa.

—¿Ah, sí? —trató de decir con la misma soberbia, pero no pudo, el tono de mi voz le había hecho tambalearse.

—A menos que quieras que papá y mamá se enteren de que tu gusto por el tabaco es más que literario.

Todavía no sé lo que quiere decir exactamente la frase que le solté a Eduardo, pero no cabe duda de que conseguí el efecto que deseaba. Mi hermano se calló. Y de momento ha permanecido callado, y yo he faltado todas las veces que he querido. ¿Quién dijo que el tabaco es malo?

Eduardo

SUENA mi despertador. Miguel y yo tenemos una competición muy particular, luchamos cada día por ver quién hace una declaración de odio más fuerte. Hoy me toca a mí. El despertador sigue sonando. Ahora, justo en este instante, imagino que Miguel habrá abierto los ojos, habrá mirado su despertador callado y se estará preguntando qué ocurre. Me levanto de la cama. Trato de representarme lo que hará en su cuarto: está tumbado, se frota los ojos, mira a todas partes sin fijar la vista en ningún sitio y aguza el oído para tratar de averiguar qué diablos está pasando en esta casa. Es el día que más ruido meto para hacer la cama. ¿Qué tramará éste?, parece como si oyese sus pensamientos. Ahora se estará incorporando, de pronto un bostezo le llega a la boca pidiendo paso cual vómito incontrolado. Es el momento. Escojo la ropa que me voy a poner hoy y, con ella colgada del brazo, me acerco a su cuarto. Ahora mismo se lo suelto y su incomprensión se disparará hasta el infinito. Avanzo por el pasillo. Ya me imagino la escena: él de pie, en medio del cuarto, con los pelos alborotados, quizá rascándose los huevos, y yo aparezco, emergiendo de la peor de sus pesadillas. Asomo mi cabeza por el marco de la puerta. ¡Mierda! Está frito. Permanezco unos segundos mirándole. Su cabeza surge entre las sábanas y se recuesta de medio lado sobre la almohada. Su cabeza sólo sirve para eso, para dormir, para dormir dormido y para dormir despierto. La mía, en cambio, está hecha para soñar; dormido, despierto y en cualquiera de los estados intermedios. La diferencia parece pequeña, pero es abismal. Me meto en el cuarto de baño, lugar de reflexión por excelencia, me desnudo y subo la palanca de la ducha. Tanteo con el dedo hasta que encuentro el agua a mi gusto y me coloco debajo del chorro. Levanto la cabeza, cierro los ojos y dejo que el agua impacte de lleno en mi cara y fluya por todo mi cuerpo. Me quedaría así durante años: no iría al instituto, no iría a la universidad, no me casaría, no tendría hijos... ¡Un momento! Pisa el freno, que vas muy rápido. Acabo de dar por sentado tantas cosas sobre mi futuro que ahora me da hasta miedo abandonar el chorro. ¿Quién me dice a mí que voy a ir a la universidad, que me voy a casar o que voy a tener hijos? Si supiese exactamente lo que iba a hacer en el futuro, no tendría alicientes para llegar a él. Suena el despertador de Miguel y casi lo agradezco. Ahora tengo que pensar en mi hermano. Dejemos el futuro para el futuro. Miguel intenta abrir la puerta.

—No tardo —le digo, mientras disfruto de los últimos lengüetazos de agua.

Ahora debe de estar alucinado. Cierro el grifo y me quedo parado, sin hacer ruido. Oigo sus pisadas por el pasillo. Se detienen. Apostaría el cuello a que está en mi cuarto, contemplando con estupor la cama hecha. De nuevo los pasos, ahora hacia la cocina. El chirrido de una silla que se arrastra, el tintineo de la cucharilla contra el tazón al remover la leche. Ahí te pillaré. Me visto a toda prisa y abandono el cuarto de baño tratando de contener esa sonrisa que adorna la boca de todos los triunfadores. En la vida hay que vencer como un señor, y vencer sin humillar en el fondo es doble humillación. Entro en la cocina. Miguel moja una magdalena y muerde la parte empapada en leche, adornada por pequeños trozos de cacao que han sobrevivido a la disolución. Intenta girar su cabeza, pero no alcanza a mirarme ni por el rabillo del ojo. Me siente allí, a escasos dos metros de él, amenazante. Preparo mi desayuno y me siento en la mesa, enfrente. Ambos nos quedamos absortos en nuestros tazones, sin atrevernos a seguir con la vista la trayectoria del vapor que sube y que nos llevaría a un incómodo cruce de miradas. Pero ¡un momento! ¿Qué hago hoy con la cabeza gacha cuando soy el triunfador? ¡Venga, cabeza arriba!

—Miguel...

No es capaz de levantar la vista. Le tengo contra las cuerdas.

—¿Qué?

—Voy a ir en autobús.

¡Siiiiiií! No sabe qué decir. «Me la has clavado, capullo», está pensando. Aunque cree que no lo noto, me doy cuenta perfectamente de que acaba de acelerar la frecuencia de sus bocados y de sus tragos. No aguanta más. Le miro directamente. Ya no puedo contener más la sonrisa. Me da igual tener que madrugar y tener que andar más; la cara que ha puesto hoy me compensará en aquellos días en que mi voluntad flaquee. Miguel se levanta, deja las cosas sobre la pila y se marcha. Yo termino de desayunar pronto y trato de cruzármelo en el pasillo, pero se escabulle en el baño. Me meto en el cuarto, preparo lo que voy a llevar al instituto, incluido el nuevo libro, y me dirijo hacia la puerta de salida. Tengo la impresión de que a partir de hoy vamos a ser menos gemelos, si es que la cualidad de gemelos admite cuantificación: somos muy gemelos, nada gemelos, un pelín gemelos... No sé, quizá sí. Cierro la puerta de casa y se me hace raro que mi hermano no salga conmigo, no tener ese bulto innecesario que sólo sabe llenar el hueco vacío de su cabeza con música ratonera. Él debía de creer que al ponerse los cascos me ignoraba, sometiéndome así a una humillación terrorífica, cuando lo que realmente sucedía es que me hacía un inmenso favor. En todo el trayecto no tenía que preocuparme de él. Él a su música y yo a mis libros. Salgo a la calle y sólo de pensar en lo que tengo que andar hasta la parada del autobús, se me encoge el alma y con ella las piernas. Ya sé que tampoco es tanto, pero son las ocho y pico de la mañana y cada paso es un bostezo. Después de muchos bostezos —algunos se encadenan con el siguiente—, llego a la parada del autobús. ¡Horror! La gente desborda por todos los lados posibles la marquesina que hay junto a la señal que indica la parada. No hay ningún orden, esto es la ley de la selva. Cuando llegue el autobús, tonto el que no empuje. Menos mal que soy joven y tengo una potencia de codos envidiable. De pronto, el autobús dobla una esquina lejana. Es rojo, y sobresale entre todos los vehículos que atestan la calle. Comienza a oírse un murmullo general y a sentirse la toma de posiciones estratégicas. Aunque he llegado de los últimos, no pienso quedarme fuera. El río de automóviles avanza como si no quisiese hacerlo. Estoy aprisionado entre un maletín y el culo de una mujer. Doy un giro brusco para zafarme de la asfixia y no sólo no lo consigo, sino que además entra en liza la mochila —o el mochilón— de un chaval que hay justo delante de mí. Que llegue el autobús, por favor. No tengo salida más que si reculo, pero no pienso hacerlo. Esta situación me recuerda al único —y probablemente el último— concierto al que he ido. Fue en el estadio Vicente Calderón, y estábamos tan apretados que una vez se me ocurrió saltar y ya no volví al suelo. Pasé el resto del concierto con los pies colgando, sostenido por los hombros de los que había a mi alrededor. No sé si ocurrió exactamente de esta manera, pero da igual, yo lo recuerdo así y eso es lo que vale.

Aquí tengo la impresión de que cuando llegue el autobús voy a dar un salto y la gente me va a meter en él, sin esfuerzo, a hombros, como un torero en su tarde triunfal. Ya llega el autobús. Se le ve cargado de gente. Se acerca más. Viene a reventar. Casi está aquí. La gente de dentro está apretada contra las puertas de salida y entrada. Como se abra alguna de ellas, explota. Llega a nuestra altura. Me temo lo peor. Me temoooo... Efectivamente, viene tan cargado que no puede parar. Así que cruza frente a las narices de todos y cada uno se cabrea a su manera: nuevo diccionario de insultos que jamás llegarán al conductor, puñetazos en la palma de la mano, miradas asesinas o resignación en forma de chasquido de lengua y alzamiento de cejas. Qué se le va a hacer. El siguiente autobús llega cinco minutos más tarde y para. Y puedo subir. No es tan difícil. El truco es dar más pisotones, codazos y empujones de los que te den a ti. Una vez dentro, intento pensar cómo hacer para poder sacar el libro de la mochila. Tras varios números de contorsionismo, consigo colocármela delante, a modo de tripa de embarazada. A continuación, subo mis brazos hacia arriba. Los llevo pegados a mi cuerpo porque no hay más espacio. Busco a tientas el tirador de la cremallera y la abro trabajosamente. Esto es una locura. Ahora hay que buscar el libro entre la carpeta y los libros de texto. Mi brazo derecho ya es una serpiente ciega que tantea y tantea hasta dar con el libro. Cuando al fin lo saco, no puedo reprimir una exhalación de alivio que, sin embargo, se ve instantáneamente truncada al mirar sobre las cabezas. ¿Ya estoy en la calle del instituto? Quedan dos paradas para bajarme y estoy lejos de la puerta, así que, libro en mano y mochila abierta a la altura de mi tripa, voy pidiendo permiso para salir. Llega la parada y no es que baje, es que salgo disparado como si fuese la bala de un cañón. Miro el reloj —ya puedo mover libremente las manos—, son las nueve y dos minutos. Tengo que llegar a la puerta del instituto evitando pasar por la boca de metro, donde estarán Miguel y sus amigos. Si me ve llegar más tarde que él, se va a reír mucho, y antes que eso, creo que está claro, prefiero comer chinchetas. Voy a tener que ser fuerte para aguantar todas las mañanas lo mismo que hoy, pero como decía alguien —y si aún no lo ha dicho, ya lo digo yo—: «antes jodido que con el orgullo herido».

el libro. Cuando Alain lo sacó [illegible] una exhalación de navío que, sin embargo, se ve instantáneamente truncada [illegible] [illegible]

2
CONEXIONES

Miguel

Mi hermano tiene un serio problema. No es lógico que alguien, a los diecisiete años, haya salido de juerga una o dos veces y encima se haya aburrido. Es el ser más antisocial que conozco. Le resbala el resto del mundo. Está encerrado en sí mismo, como si fuese uno de esos que se van a una cueva a meditar, a buscarle sentido a la vida... ¡Buah! Nuestra vida sólo tiene un sentido: vivirla, que es lo que me dispongo a hacer esta noche. ¡Qué pena me da! Mientras yo me afeito, me visto, me lavo los dientes y me engomino el pelo para que la noche se me agarre bien a la cabeza, él está tirado en el sofá del salón, viendo en la tele a un tío que habla y habla y habla... Yo creo que hasta él está aburrido de sus propias palabras. Naciste viejo, se me ocurre decirle a mi hermano, pero me contengo. Hay cosas más importantes de qué preocuparse. Vamos a ver: dinero, llaves, «abono transportes» y unas ganas locas de empezar a dar bocados a las esquinas de Madrid. Yo creo que los viernes y los sábados por la noche me convierto en poeta. Me salen unas frases que ya quisiera mi hermano. Bueno, gente, uno que se va.

—Ven pronto —no puedo salir un día sin que mi madre o mi padre me digan lo mismo.

Me dirijo hacia la puerta, la abro, pero me detengo antes de atravesarla. Desde la entrada sólo veo una pequeña porción de salón. El hombre de la tele continúa hablando y hablando. Mi hermano debe de seguir enfrente, escuchando y escuchando.

—¡Naciste viejo! —grito y salgo de casa.

O no me responde, o su respuesta se ha estrellado contra la puerta. Ja. Ésta es mi noche. ¿Y qué noche no es la mía? En el portal me cruzo con Rogelio. Me quedo mirándolo, esperando alguna de sus ocurrencias, pero pasa de largo sin mirarme, o sin reconocerme. Qué extraño, si él suele venir los martes y jueves. De todas formas, no me importa. Cuando salgo de juerga, los pensamientos me duran lo que el dolor de cabeza al del anuncio de aspirinas. Desaparezco por la boca del metro. He quedado con los colegas en Moncloa, en el parque del Oeste, para bebernos unas botellitas antes de empezar la ronda de bares, pafetos y demás cuchitriles. Madrid es la mejor ciudad del mundo. Seguro que si viviese en Nueva York o en París, o en Cuenca o en Palencia, diría lo mismo de ellas, pero me ha tocado vivir en Madrid, y estoy la mar de a gusto. Ya el metro me va metiendo en ambiente. A estas horas, las últimas de la tarde, o mejor, las primeras de la noche, en esta línea sólo hay grupos de jóvenes que se dirigen al mismo sitio, atravesando el subsuelo en busca de lo mismo. Sobre todo me fijo en los grupos de chicas. Estamos en primavera y la ropa empieza a ser escasa. Cuando salgo del vagón ya casi no puedo contenerme. Mire donde mire sólo veo minifaldas, escotazos, labios rojos a punto de explotar... Adoro Madrid y me vuelven loco sus chicas. Salgo por una de las bocas de metro de Moncloa. Si el metro hervía, la calle está incandescente. Junto al edificio cuadrado que hay al otro lado de la anchísima calle, que me parece que tiene que ver algo con autobuses, esperan los colegas. Hoy ha habido suerte y están casi todos. Qué gusto da verlos ahí enfrente, mientras el semáforo sigue con el hombrecillo de rojo que no te deja pasar. Entre el grupo, y sin poderlo evitar, destaca el Tocho, al que cada día veo más alto aunque ni él crezca ni yo encoja. A su lado, apoyado contra un muro, está Jimmy, el negro más zumbón de la capital. ¡Qué envidia de ritmo! Todo lo hace bailando, no lo puede evitar, pero cuando rompe es cuando realmente se propone bailar. El tío Bert sigue con la mirada a un grupo de chicas y niega con la cabeza, mientras agita una mano que está diciendo claramente «qué demasiao»; es especialista en emborracharse simplemente con el olor del vino. García, a su lado, es especialista en emborracharse simplemente con cinco litros de cerveza. El Tutirreta, cuyo mote, por contra de lo que pensé cuando le conocí, no tenía nada que ver con pedorreta, está agarrado al cuello del Lupas. Seguro que le está diciendo que deje de hablar de informática... El hombrecillo verde del semáforo interrumpe mi recuento. Me parece increíble que hayan venido tantos. Últimamente se han emparejado algunos y cada día salen menos. Hoy se deben de haber quedado las respectivas estudiando, qué niñas más buenas. Los amigos con novia dan auténtico asco, todo el mundo lo sabe. Se vuelven unos matados de campeonato. ¡Qué babosos! Cada vez que lo pienso me pongo malo. Llego hasta el grupo. Entre sus pies hay unas bolsas cuyo contenido, aunque no veo, puedo adivinar sin problema: cuatro o cinco cartones del vino más barato, tres o cuatro botellas de dos litros de cola, algunas litronas, vasos de plástico y bolsas de hielos.

—¡Qué pasa, Miguel! —me saludan varios.

—Callaos, que vengo catatónico del metro. Vaya pibitas.

Esperamos a que lleguen los últimos y nos adentramos en el parque del Oeste. Este parque tiene algo de tenebroso que me gusta. Es todo cuesta abajo y cuanto más bajas, más oscuro se vuelve todo. Es como un mundo aparte, justo al lado del mundo real. A un lado del camino por el que bajamos, un bulto formado por una pareja se retuerce por el suelo. ¡Qué furia, qué ímpetu! Unos metros más abajo, nos cruzamos con un grupo de *skins*. Pasar al lado de estos cabrones es como jugar a la ruleta rusa, sobre todo para Jimmy, que se camufla discretamente a mi espalda. Si se le cruzan los cables a uno, ya la hemos liado. Por suerte pasan de largo y sólo nos llaman guarros un par de veces. Nosotros somos un grupo valiente pero no imbécil. Somos diez y sólo contamos con nuestros puños. Ellos serán cerca de veinte y sus cazadoras abultan demasiado. Ni se sabe lo que llevarán ahí dentro. Pobre Jimmy, que un tío se tenga que esconder de gentuza cien mil veces inferior a él, le repatea a uno las entrañas. Llegamos finalmente a una zona de césped que no está muy inclinada y ahí nos sentamos, en círculo, los más tiquismiquis con una bolsa bajo el culo. Se reparten los vasos, se abren los cartones de vino y las botellas y se rajan con alguna llave las bolsas de los hielos.

—Sólo un hielo por vaso, que luego nos van a faltar —dice siempre Samuel al principio, aunque con el tercer vaso ya se le habrá olvidado.

A continuación, hacemos rular todo hasta que no queda un vaso vacío. Resulta curioso cómo las conversaciones empiezan suaves. Que los padres de uno le han dicho que de seguir así le van a buscar un trabajo para que sepa lo dura que es la vida, que teníamos que haber comprado la cocacola original en vez de ese refresco de cola que costaba tres veces menos, que a ver si nos pasábamos por tal bar del que tenían invitaciones de dos por uno, que si mi hermano es un retrasado mental... En fin, lo de todos los días. Lo bueno viene con el tiempo.

Llevamos ya unos cuantos vasos y se nota porque todos empezamos a hablar a gritos, como si no nos oyésemos. El tema de hoy vuelve a ser el del fin de semana pasado, y el del anterior, y el del anterior al anterior...: las chicas. Y cuando uno suelta una burrada que parece insuperable, llega otro, yo, por ejemplo, y en voz más alta suelta una bestialidad aún mayor. Y la cadena ya no tiene fin. Entonces comienzan las primeras excursiones al árbol más cercano —voy a ver si meo y de paso me la veo—, las primeras caídas, saltos, bofetones, bocados a la hierba... Cuanto más se vacían las botellas, más vueltas da el parque a nuestro alrededor. Es el momento de subir al mundo real. Volvemos al mismo sitio del principio, pero ahora es distinto. Yo diría que el edificio en el que habíamos quedado era cuadrado antes. Qué más da, ahora se me podría cruzar un elefante frente a los ojos, que no me inmutaría. El mundo se reduce a lo de siempre, a lo único. Tengo una especie de mirada selectiva que desprecia todo lo que no sean chicas. Una por allí, otra que se cruza, allá a lo lejos una que sube unas escaleras. Mis ojos pasean nerviosos: piernas, culos, ojos, melenas, hombros, sonrisas, escotes, cinturas, gestos, pestañas, manos, caderas... Las chicas son infinitas y con sus contoneos me recuerdan constantemente que sin remedio seré un viejo verde. Entramos en el primer bar. Siempre vamos al mismo al principio. Es un bar de viejos, aunque desde que empecé a salir he ido a bares de viejos y nunca he visto un viejo dentro. Parece como si se los hubiésemos robado. Pero ¡qué más da! Delante de mí hay una chica con una camiseta azul de tirantes que no me deja pensar en otra cosa. Pedimos unos litros variados —cerveza, calimocho y sidra— y empezamos a comentar el panorama: esas tres están solas, me parece que la que está apoyada en el futbolín está mirando, la camarera cada día está mas buena, habéis visto qué par de... Pero todos sabemos que éste no es el lugar adecuado. Hay demasiada luz. Las mentiras, no sé por qué, se dicen mejor a oscuras.

Éste es el típico sitio para ver un partido de fútbol y hablar en grupo. En los siguientes garitos la música es tan alta que se hace imprescindible hablar al oído. Apuramos los litros y nos escopetamos al Otro Sitio. De camino, noto que voy dejando de pertenecerme. Puedo estar pensando en cualquier cosa, pero mi cuerpo busca el calor del siguiente pub. Él sí que sabe. En la entrada —hay una pequeña cola para entrar y nos colocamos los últimos— vigilan dos gorilas, que, subidos a un escalón, parecen sendos rascacielos. Me gustan los sitios con vigilancia, no por los seguratas en sí, sino porque su presencia anuncia que hay algo que vigilar. Por la puerta sale música cañera flotando en nubes de humo. Poco a poco se va cumpliendo eso de que los últimos serán los primeros y ya nos vemos frente a ese par de armarios.

—¿Cuántos sois?

—Unos diez —responde el Tocho, al que siempre colocamos delante ya por costumbre, pues cuando no teníamos la edad para entrar, él era el que más años aparentaba.

—Un momento —dice el gorila y coloca su brazo como una barrera frente a nosotros.

Éste es el momento de la noche en que más serios nos ponemos. No pueden notar que vamos medio tajados o no nos dejarían entrar. Después de salir un par de grupitos, la barrera se levanta y ya nadie oye el amable «adelante» con el cual se nos invita a pasar. Éste es mi sitio y hoy estoy inspirado. La oscuridad es como un caldo espeso. Nos acercamos a la barra y pedimos copas. No es que escuche la música, estoy dentro de ella. Jimmy ha empezado a bailar y ya tiene tres tías revoloteando alrededor. Es increíble este Jimmy. Pero bueno, él ya está apañado por hoy y ahora me toca a mí. ¡A matar o a morir! Hago una panorámica lo más amplia posible, saltando de chica en chica: ésa ni de coña; ésa podría valer, un seis le daba yo, pero vamos a ver si hay algo mejor; cómo baila esa, a ver si se da la vuelta, uff, quita, quita, esa cara atenta contra la integridad psíquica; con el culo de la que está pidiendo, me da igual cómo sea el resto del cuerpo pero, vaya, acaba de llegar su chico y le ha puesto la mano justo donde yo estaba poniendo mis ojos. Consulto con mis amigos. El tío Bert está hablando con una, me dicen, pero sus amigas no merecen la pena. García vuelve de dar una vuelta con valiosos informes.

—Las mejores están al otro lado de la pista.

Las palabras mágicas. En un abrir y cerrar de ojos aparecemos allí. Dios mío, esto es el paraíso. Antes de entrar en acción, convenzo a Tutirreta, García, Lupas y al Tocho para ir a pedir la siguiente. A veces, cuando le dices a una tía ahora vuelvo, ¿quieres tomar algo?, pierdes la oportunidad, y cuando vuelves se ha largado o está regalando a otros las sonrisas que minutos antes te regalaba a ti. Me imagino que el ritmo que noto ahora dentro de mi cuerpo será el que note Jimmy a diario, sin música ni alcohol, pero yo necesito entrar en ambiente. Meneo la cabeza al son eléctrico de la canción casi por inercia. Después de pedir, nos damos la vuelta y nos quedamos apoyados en la barra. Agarro el vaso con fuerza. Sé que acabo de traspasar el famoso punto de no retorno. Si no bebiese más a partir de ahora podría mantenerme con un punto chisposo y medianamente controlable, pero no quiero, ya he dicho que hoy, como todos los días, o mato o muero. Convenimos los cinco en hacer un ataque en masa a un grupo de otras tantas. En bloque, así es como se ganan las guerras. Puede que caiga alguno en el camino, pero el grupo habrá triunfado, a no ser que se trate de cinco monjas. Nos acercamos a ellas lentamente. Cada uno tiene a una entre ceja y ceja, previamente hemos repartido el pastel. Yo he elegido a la mía por sus pendientes, los mejores. A medida que me acerco los veo mejor. Son sendas bolas, tamaño pendiente, claro, de esas que colgaban antes en el techo de toda discoteca que se preciase. Por cierto, en la de mi pueblo aún no la han quitado. Pero centrémonos en los pendientes. Hacen un efecto alucinante. Decenas de puntitos de luz bailan por sus mejillas. ¡Callaos todos! Empieza a poseerme el espíritu invencible que acude a mí todos los fines de semana. Soy inmortal. El grupo de chicas observa nuestra inminente entrada en escena. Yo me planto frente a mi objetivo. Ella no me deja ni empezar la conversación.

—Esto parece el desembarco de *Nogmandí*.

Creo que ha dicho Normandía, aunque de una forma un poco extraña. No debe de ser española. Qué más da. Yo sonrío, y no es que intente mostrar seguridad, es que la tengo.

—Soy insectólogo, y vengo a estudiar el comportamiento de las luciérnagas en la mejilla de una chica guapa —señalo con ambos dedos índice sus mejillas y me sorprendo, aunque no tanto como si estuviese sereno, de la frase que acabo de soltar.

Ella sonríe, y los puntos de luz encuentran ahora un agujero en la mejilla.

—Se dice entomólogo, y no insectólogo, pero gracias por el piropo de todas formas.

No, si ahora vendrá una guiri a enseñarme mi idioma.

—Qué más da, yo me llamo Miguel González Ortiz y si me dices tu nombre prometo incluirte en mi testamento.

Vuelve a reírse, y mira a sus amigas para ver si ellas también están sucumbiendo a los otros. De momento hablar, hablamos todos. No sé lo que sucederá cuando entremos en acción.

—Me llamo *Yegaldín*.

—¿Queeé?

Me lo deletrea, y resulta llamarse Geraldine.

—Tienes nombre de medicamento, ¿eres francesa?

—*Oui* —esto sí lo he pillado, me ha dicho que sí.

—Me parece fenomenal, pero si queremos entendernos vamos a continuar la conversación en castellano, que lo domino un poco mejor que el francés.

Empezamos a hablar de Francia, pero en cuanto me saca de que la torre Eiffel está en París, me pierdo. Abandonamos definitivamente el tema cuando le digo que lo que más me gustaría ver de Francia es esa torre inclinada que parece que se va a caer. ¡Qué le voy a hacer, lo mío no es la... geometría! Pasamos a hablar de Madrid. A medida que hablo, noto que se me traba la lengua, que me como palabras, pero la música y su oído francés lo disimulan todo. En mitad de una interesantísima conversación acerca de los tunos que cantan en las tascas de la Plaza Mayor, giro la cabeza. García ya se ha enganchado a la suya, y el Tocho parece vérselas y deseárselas para hacerse entender. Habla lentamente y abriendo mucho la boca. Geraldine me explica que la chica con la que está hablando también es francesa, pero no domina tanto el español. Seguimos hablando, pero esta vez camino de la barra, voy a pedirme otra. El punto de no retorno ha quedado demasiado atrás y noto que estoy a punto de abandonarme completamente. Pero parece que esta noche no me voy a comer la borrachera solo. La francesita ha venido a estudiar y además trabaja unas horas en una guardería bilingüe. Ésta es la gente que levanta el país. Lleva ya un año y pico en España y no sabe aún si quedarse o no. La verdad es que me interesa muy poco su vida, ahora sólo pienso en sus labios, que al hablar se mueven de una forma que dan ganas de cometer una locura. Entonces la interrumpo en medio de una frase y hago que mi dedo juguetee con uno de sus pendientes.

—Tú eres la mujer-discoteca y yo el hombre-orquesta

—hago como que toco una imaginaria batería—. Hacemos buena pareja.

La proximidad aún no es suficiente. Ella mira hacia abajo, como resguardándose en su timidez.

—Estamos en primavera. ¿Te gustan los restaurantes chinos?

Levanta la vista y pone cara de no entender nada. Se encoge de hombros. Yo dejo la bolita y coloco mi mano en su nuca. Acerco mi boca a la suya, pero antes del contacto, le dejo mi última perlita:

—Te lo preguntaba por si te apetecería un rollito de primavera, pero ya veo que sí.

Y el punto final de la frase se funde con el beso.

Eduardo

Mi hermano tiene un serio problema. Vive para ponerse ciego los fines de semana. He salido dos veces con él y las dos le he tenido que traer casi arrastrándolo. Ahora está arreglándose para salir. De vez en cuando se asoma al salón para verse en el espejo grande. No sé para qué pone tanto empeño en ir hecho un pincel, si unas horas más tarde volverá hecho un pingajo. En fin, prefiero ver este programa. Mi hermano no merece ni tres segundos en mis pensamientos. Allá se las entienda con su vida. La verdad es que hoy no están siendo muy interesantes los libros que recomiendan en la tele. Lleva varios minutos hablando un neurólogo que ha escrito un libro sobre eso tan complicado que es el cerebro, capaz a la vez de razonar, emocionarse, tomar decisiones, recordar... ¿Cómo puede caber tanto en tan poco espacio? Ahora está diciendo precisamente que en una noche de copas podemos perder alrededor de cien mil neuronas. ¡Qué oportuno! Podría decírselo a mi hermano, pero de qué serviría, ¿acaso iba a cancelar sus planes por un neurólogo con cara de loco? Precisamente ahora Miguel hace una última aparición por el salón. Mis padres le acaban de decir que llegue pronto. No se lo creen ni ellos. Él se registra los bolsillos y, tras asegurarse de que lleva todo lo que necesita, se dirige a la salida. Yo vuelvo al programa.

—¡Naciste viejo! —grita de pronto, y cierra la puerta.

Yo doy un respingo. Efectivamente, a mi hermano le deben de quedar tres o cuatro neuronas que estarán vomitando entre los pliegues de su cerebro. Termina el reportaje de ese libro y suena el timbre. Se le habrán olvidado las llaves a Miguel. Claro, sus neuronas resacosas no dan para tanto. Mi padre sabe que, aunque sea yo el que más cerca estoy de la puerta, no pienso ir a abrir, así que atraviesa el salón a paso vivo y oigo el chirriar de las bisagras. Entonces me llega un murmullo imperceptible al que mi padre responde que espere un momento. De nuevo cruza por el salón, a un paso aún más ligero. Yo tuerzo el cuello un poco, pero no logro ver quién espera bajo el marco. Tampoco es plan de levantarme y asomarme descaradamente. Ahora aparece mi madre, con un gesto que tan bien podría pasar de enfado como de preocupación.

—¿Pero cómo vienes hoy?

Un murmullo similar al anterior ofrece la respuesta.

—Anda, pasa, pero que sepas que es la primera y última vez que vienes a la consulta fuera de tus horas —las firmes palabras de mi madre ya me habían aclarado el enigma, pero por si me quedaba algún resquicio de duda, Rogelio y ella aparecen por la puerta—. Esto funciona así. La consulta, por si no lo sabes, no es un cajero automático —remata mi madre.

Rogelio me ha dejado un poco chafado. Le he visto muchas veces mal, pero es que lo de hoy es exagerado. Iba detrás de mi madre como quien sigue a un santo al que se le ha encomendado un milagro irrealizable. Hoy parece que todo tiene relación entre sí. Quizá me hagan sentir esto las palabras aburridas del neurólogo. Lo que ya comprendo, después de escuchar que tenemos un número casi infinito de conexiones neuronales, es por qué cada persona tiene una forma de ser diferente. Si te pones a pensarlo bien, el cerebro asusta, y lo extraño es que no estemos todos locos. No, no estoy llamando loco a Rogelio, Dios me libre. Pero qué le habrá pasado para ser como es. Qué terribles sucesos habrán trastornado sus conexiones. Tiene que haber sido algo tan fuerte y traumático que ha arrancado la raíz de su voluntad. Normalmente no me cuesta, e incluso me gusta, imaginar historias de gentes que no conozco y que me cruzo por la calle, o que se sientan frente a mí, o que ni siquiera veo y seguro que tampoco existen. Incluso estoy escribiendo un libro de relatos cortos que se va a llamar *Historias del Metro*. Son historias que he inventado a partir de una mirada, de un gesto, de una situación o de unas palabras escuchadas sin consentimiento. Quizá ahora tenga que cambiar el título: *Historias del Metro y del Autobús*, o empezar otro nuevo. Pero a lo que iba, con Rogelio me es imposible tratar de ingeniar algo, se me escapa cuando intento aproximarme. Quizá mi cerebro, acostumbrado a una vida más o menos normal, y no poco privilegiada, aún no esté preparado para imaginar desastres y catástrofes del tamaño del universo. Puedo aventurar pequeñas desgracias que jamás conseguirían un efecto tan demoledor. Los libros que he leído hasta ahora no me han hablado de Rogelio. Doy vueltas y vueltas al asunto para terminar siempre en el punto de partida pero con la incomprensión elevada al cuadrado. Cuando quiero darme cuenta, suena la musiquilla que cierra el programa de los libros. Vaya, hombre, me he perdido la sección dedicada a los jóvenes. No es que yo lea esa literatura. Aunque no me disgustaba, pasé hace tiempo a la de adultos, pero lo que me encandila es su presentadora, Yolanda Martínez, una chica de suave voz, morena, con varias mechas rubias. Tendrá mi edad, o un año más, pero posee unas tablas admirables. La debieron meter para que diese un toque de color y un soplo de juventud al programa, o puede que para enganchar a televidentes más jóvenes, quién sabe. Podría decirse que lo que me inspira esa chica, salvando las distancias, es lo más parecido al amor que he sentido jamás. Me acabo de pasar un poco. Catalogar de amor esto ha sido una osadía, acaso sea más correcto atracción, simpatía, reconocimiento, no sé, qué más da. Hoy me la he perdido y hasta la semana que viene no la volveré a ver. Apago la televisión y me dirijo a la sala donde tenemos el ordenador, un territorio neutro del que cualquiera puede disponer. Pero resulta que está ocupada. Mi padre ha apartado el teclado y tiene toda la mesa —y no es una mesita de esas enanas en las que cabe el ordenador y gracias— llena de papeles. Tiene la espalda arqueada sobre la mesa y trajina inquieto con documentos que a mí me resultarían incomprensibles. La verdad es que presto poca atención a mi padre, pero últimamente le noto un poco desquiciado. Ya no viene a ver la tele al sillón después de cenar, y cuando lo hace, no puede estar sentado más de diez minutos seguidos. Se ríe bastante menos, y cuando televisan un partido y pierde su equipo empieza a cagarse en todo lo que se menea. No sé, pero tampoco comentan nada ni mamá ni él.

—¿Querías usar el ordenador? —me pregunta desde su encogimiento.

—Sí, pero da igual.

—Espera un momento, que me llevo los papeles al salón.

—Déjalo.

Pero mi padre insiste con tanta... insistencia que cuando finalmente accedo parece que el que está haciendo el favor soy yo. Ya solo en el cuarto de estar, escucho los murmullos que llegan de la consulta. Intento afinar el oído, pero no capto nada. Sé más o menos en qué consiste el trabajo de mi madre, pero no sé de qué pueden estar hablando, después de años de consulta. Enciendo el ordenador. El ventilador interno se pone en marcha con su constante zumbido y la pantalla se enciende entre un chisporroteo eléctrico. No hace mucho que mi madre nos anunció que el Colegio Oficial de Psicólogos regalaba la conexión gratuita a Internet. Fui yo mismo el que se encargó de rellenar el papel y mandarlo por correo. A mi hermano y a mi madre parecía no interesarles mucho, mi padre lo único que dijo fue que se podría bajar el programa de la declaración de la renta. Yo no entendía tanta indiferencia, y la achacaba, y la sigo achacando, a su ignorancia. Hoy ha llegado un paquete con el manual de instalación. En un primer hojeo, me parece que no voy a ser capaz de hacerlo, pero tras un par de lecturas, empiezo a entender qué es eso de configurar los puertos, los parámetros de conexión, añadir el protocolo TCP/IP, el DNS primario y el secundario, etc. De todas maneas, cuando paso a la acción, me encuentro que no es tan fácil. Parezco un patoso, voy línea a línea, mirando alternativamente las notas y la pantalla. Cuando al fin termino de configurarlo, descubro que no funciona. Después de dar mil vueltas, de repetir varias veces la misma operación del manual sin encontrar nada anómalo, descubro, como suele ocurrir en estos casos, que es una tontería. Se me ha olvidado enchufar el módem a la línea telefónica. De nuevo encaro el ordenador, me agarro al ratón y desplazo el cursor hasta el botón de conectar.

Se oye un sonido desagradable, como de circuitos gritando. Al cabo de unos segundos cesa, y una ventana en la pantalla me indica que se está verificando el nombre y la contraseña. ¿Quién o qué verificará eso? Finalmente la ventana desaparece. Ya estoy dentro. Siento algo como muy grande dentro de mí. He oído tantas cosas de la red, las posibilidades son infinitas. En ella hay sitio para sentimentales, adivinadores, depravados, amas de casa, vendedores, alucinados, iluminados, científicos, corredores de bolsa, nostálgicos, estudiantes, jubilados o mamarrachos. En una libreta tengo apuntada la dirección de un buscador que dicen que es bastante bueno. Escribo la dirección en el explorador y tarda un poco en abrirse la página. De repente noto una sensación extraña. Hay algo dentro de la habitación o dentro de mí que no está en su sitio. Me levanto de la silla y doy la vuelta. Ahí está, es la ventana la que no me deja concentrarme. No sé, es como si al estar abierta a mi espalda representase un peligro borroso, difuso. Quizá me esté volviendo un poco paranoico, pero decido cerrarla y bajar la persiana hasta que no queda uno solo de sus ojillos abierto. De nuevo me siento frente a la pantalla. Ya he leído cómo funcionan los buscadores. Ahora tengo que escribir el tema, o temas, sobre los que esté interesado y esperar a que me muestre direcciones relacionadas. Así que coloco el cursor dentro de un rectángulo blanco y escribo: *charla literatura*. Me aparecen trescientas y pico direcciones posibles. Como de momento no pienso complicarme la vida, pincho la primera y espero. La página se va abriendo lentamente. Primero aparece un letrero de colorines que te da la bienvenida. A continuación, te informa de que puedes elegir tema, y por último aparecen los temas, en una columna: general, deportes, cine, economía, viajes, solidaridad, amistad y, por último, siempre lo tienen que dejar para lo último, literatura. Resuelto, agarro el ratón, pero cuando voy a pinchar sobre el enlace de literatura, mi mano se rebela y sigue un poco hacia arriba. Entro en el canal de la amistad. Yo juro que no quería, pero se ha empeñado mi mano y no le voy a llevar la contraria, no sea que me arree un bofetón. *¿Cómo quieres ser conocido?* Por mis iniciales: *Ego*. Reconozco mi absoluta falta de originalidad justo cuando doy al *enter*. Además, qué mal suena, podría salir, volver a entrar y ponerme un nombre en condiciones: Bogart, Holmes, Don Quijote, pero tengo tanta prisa por ver qué hay dentro que no me detengo. Después de aceptar unas condiciones de conducta y unas instrucciones que ni siquiera he leído, empieza el descontrol. La pantalla se convierte de pronto en cien diálogos a la vez. Desfilan veloces nombres y frases. Gente que entra y gente que sale. Insultos y declaraciones de amor. Esto es un caos, aquí no hay quién se aclare. Permanezco parado, siguiendo con la vista frases sueltas, intentando concretar alguna conversación. Pero por una que leo, se me pasan diez.

Fendetestas: No, yo soy de Albacete (...) Kiko: ¿Alguien ha visto por el canal a Wendy? Había quedado hoy con ella (...) Tete sale del canal (...) Giorgio: Mejor vamos a un privado (...) Rambo: Pero Croquet, ¿eres tío o tía? (...) Perchas: Me llaman perchas por... mejor dejémoslo, ¿dónde estudias? (...) Utopía entra en el canal (...) Zanahorio: A mí no me dan miedo los conejos (...) Ultra: Iros todos a tomar po'l culo (...) Kiko sale del canal (...) Arrobado: Porque estoy @rrobado (...) Utopía: ¿Hay alguien por ahí?

Ésta es mi oportunidad. *Utopía* pregunta si hay alguien. Me lanzo al teclado y escribo: *sí, yo*. Ahora, en lugar de intentar leer todas las frases, miraré sólo los nombres hasta que vuelva a aparecer *Utopía* y podré establecer un diálogo con él, o con ella, quién sabe, pero no, seguro que es él, he leído que alrededor del ochenta por ciento de los que se conectan a la red son hombres. Espero un rato. Esto es algo muy curioso, un cruce de montones de diálogos que leídos de seguido no tienen coherencia alguna. Sin embargo la magia llega cuando entras en contacto con alguien y del absoluto desorden todo pasa a tener sentido. Es como si... ¡eeeh!

Utopía: ¿Hay alguien ahí?

¿Pero no le había puesto que sí, que yo? Al momento caigo en la cuenta de mi error. ¿Qué es un *sí, yo*, entre esta maraña infinita de frases. Nadie se puede dar por aludido con mis palabras. *Sí, yo*, puede ser la respuesta a cien mil preguntas. Habrá que ingeniárselas para llamar un poco la atención.

Ego: Aquí un navegante tratando de mantener a flote una embarcación formada por ceros y unos, ¡¡¡¡UU-TTOOPPIIAAAAA!!!!!

Ahora, a esperar que se haya dado cuenta. De pronto descubro que me están entrando ganas de mear, pero no puedo ni siquiera ir al baño, no puedo quitar la vista de la pantalla. Puede que aparezca su mensaje justo cuando me levanto y pase sin que lo lea.

Utopía: Tú y yo no podríamos entendernos nunca. El Ego y la Utopía son el agua y el fuego.

Un escalofrío toma impulso en mi estómago y llega de un salto hasta la coronilla. No puede ser real. Por ahí, lejos o cerca, hay alguien en su casa, o en la sala de ordenadores de su facultad, o en su trabajo, que está estableciendo conmigo un ten con ten virtual. Es una sensación tan inquietante como placentera. Alguien se está metiendo en mi casa. Porque los otros diálogos fluían por la pantalla como un río, agua que ves y no verás más, sin embargo, al acercarme a la orilla me ha salpicado.

Ego: A mi nombre ni caso, aunque también el tuyo está un poco pasado de moda.

Huy, creo que me sobrado un poco. No querría parecerme a algunos —la verdad es que son más de los que hubiese imaginado— que desde que han entrado están insultando a todo el mundo. No quieren cambiar impresiones con nadie, simplemente insultan y reciben insultos que responden con otros más fuertes, y así se crea un círculo vicioso que degenera en abortos de insulto sin pies ni cabeza. Lamentable.

Utopía: Deberías tratar con más delicadeza a una de las pocas chicas, si no la única, que hay en este canal. ¡Ah!, y mi nombre ha estado de moda, sigue de moda y lo estará como mínimo en los próximos trescientos mil años.

¿Será verdad que es una chica? En esto se abre la puerta de la consulta y Rogelio y mi madre atraviesan el pasillo. Le acompaña hasta la puerta. Se despiden con un murmullo. Mi madre, ya en el salón, responde que es difícil a una pregunta ininteligible de mi padre, y a continuación se deja caer en el sofá, desinflándose en un prolongado suspiro.

Ego: Vale, vale, no te pongas así. ¿De dónde eres?

Ya voy cogiendo experiencia y me da tiempo a leer frases mientras espero la respuesta. *Arrobado: Yo soy la luz (...) ¿Conoces a uno que se llama Pepe? También es de Burgos (...) Tarzán: Buscar Jane (...) Utopía: De Madrid. ¿Qué te parece si nos vamos a un privado? Debe de ser mucho más cómodo.*

Me estoy poniendo rojo. No puedo creer que una

frase en una pantalla sea capaz de ruborizarme. Me doy vergüenza, pero no lo puedo evitar. Ir a un privado me suena como ir a los sillones oscuros de una discoteca, algo que, por cierto, jamás he hecho. Debo de estar medio loco, aquí, en casa, emocionado porque alguien, que dice ser una chica de Madrid, me invita a ir a un privado.

Ego: ¿Y cómo se va al privado? Yo es que es la primera vez que entro aquí.

Aunque sea mentira y quien se esconde bajo el nombre de Utopía sea un tipo con ganas de reírse de alguien, en este caso de mí, ya no puedo imaginarme a alguien que no sea una chica maravillosa. Al poco me responde que también es su primera vez, pero que, a diferencia de mí, se ha leído las instrucciones previas a la entrada. Me indica lo que tengo que teclear y ambos entramos a un canal privado. *Ego entra en el canal*, y seguido: *Utopía entra en el canal*. ¡Qué gusto! La pantalla al fin está quieta. Estamos solos y ahora sólo aparece lo que nosotros decimos. Hablamos de vaguedades, pero cada uno tira hacia su terreno, yo a los libros y ella a organizaciones solidarias. Nos reímos bastante —o al menos yo me río y la imagino a ella riendo— cuando le digo que he entrado al canal de amistad por error, que quería entrar al de literatura pero sin querer pinché un poco más arriba, y ella me responde que le ha sucedido lo mismo con el de solidaridad, pero pinchando un poco más abajo. Ya sé que es una coincidencia sin más vuelta de hoja, pero no deja de gustarme que en el menú de entrada figurase la palabra «amistad» entre su vocación y mi vida.

Miguel

¡QUE alguien afloje la prensa que está aplastando mi cabeza! ¿Dónde estoy? Vamos a ver, si estoy tumbado sobre algo blando y tapado quiere decir que estoy en una cama. Si oigo a mi madre cantar una canción de amor en la ducha es que estoy en mi casa. Uf, menos mal que, aunque no sé cómo, he llegado a mi casa. ¿Y qué hora es? Es de día, se oye gente en la calle, mi padre todavía no me ha llamado holgazán ni me ha quitado la sábana para despertarme. Deben de ser alrededor de las once. Lo extraño es que mi hermano no haya puesto la radio a todo volumen para fastidiar mi sueño. Es otra de sus especialidades. Pero la pregunta más importante ahora es ¿quién está pegándome martillazos en la cabeza? Dios mío, qué dolor. Me levanto de la cama y voy directamente al cuarto de baño, tratando de no encontrarme con nadie. Sin embargo, me cruzo con mi hermano en el pasillo. Está sonriendo. Lo curioso es que no es la típica sonrisa de superioridad con que habitualmente me muestra su repulsa, la de hoy es una especie de mueca de imbécil alelado que nada tiene que ver conmigo. Juraría que ni me ha visto. Quizá sea una nueva declaración de odio. Ya directamente no existo. En circunstancias normales lo pensaría más, pero mi cabeza se niega a encadenar más de tres razonamientos seguidos, bastante tiene con mantenerme de pie. Echo el pestillo. Encaro el espejo y me veo muy lejos, como difuminado, ojos rojos, pelo desquiciado y boca abierta. Estoy quieto, pero parece como si el cuarto de baño fuese el camarote de un barco en plena tempestad. Todo se mueve a mi alrededor. Cuando entro en la ducha lo del barco ya es casi real. Me siento en la bañera, dirijo el chorro hacia mi cara y, con los ojos cerrados, intento exprimir la memoria. Tema: la noche de ayer. Pero hay más sombras que luces. En concreto, hay un momento a partir del cual todo son sombras. Lo último que recuerdo es beber y besar sin parar, como si fuese un concurso de la tele con un tiempo limitado. A partir de ahí no recuerdo nada. No sé si me habrán traído mis amigos, la chica con la que estuve, o si habré vuelto yo solo, guiado por ese instinto de supervivencia que ya he puesto a prueba bastantes veces. Ya estoy tumbado en la bañera y me quedo traspuesto, mecido por las olas, hasta que oigo unos golpes en la puerta del camarote.

—Miguel, dentro de medio minuto apago el gas —mi padre, siempre tan convincente.

Salgo del cuarto de baño con la toalla enrollada a la cintura y, sin que me vean, cojo una aspirina del botiquín y me la trago sin agua. Vuelvo a mi cuarto y me recuesto en la cama, empapando la almohada. Me quedo mirando el techo. En el anuncio dicen que el dolor de cabeza desaparece en cinco minutos, pero es que lo mío no es un dolor de cabeza, sino un terremoto de cabeza. Doy media vuelta y me asomo por un lateral del colchón. La ropa de ayer está tirada a los pies de la cama. Meto la mano en el bolsillo para ver cuánto dinero me ha sobrado. Ni un chavo, como de costumbre, pero mis dedos se encuentran con un papelito que saco y desdoblo. Doy otra media vuelta y me coloco de nuevo mirando al techo, pero esta vez con el papelito frente a mis ojos: *si te acuerdas de mí, cosa que sinceramente dudo, llámame,* y debajo un número de teléfono. Buenoooo, debí de portarme como un jabato. Vamos a ver si me acuerdo de ella. Sé que era francesa, de eso estoy convencido. Y también recuerdo que tenía un nombre de medicina. Sandrine, Betadine, o algo así. Pero aparte de estos dos detalles imprecisos, nada. Cuando intento ponerle una cara, sólo me encuentro con el brillo de dos bolas de discoteca. De todas maneras la voy a llamar. No hoy, porque parecería un muerto de hambre, pero sí el fin de semana que viene. Nunca está de más tener algún rollete al que llamar en caso de que un día te fallen los colegas. La verdad es que estoy acostumbrado a triunfar con las chicas, no lo voy a negar, pero esto aún no me había sucedido. Lo cual prueba que, lejos de perder facultades, las estoy ganando con el tiempo. En éstas entra mi madre y se sienta en la cama. Si el papelito simplemente contuviese un nombre y un número de teléfono se lo enseñaría como un trofeo, pero con eso de que no me voy a acordar, sospecharía que ayer no estaba en plenas condiciones, así que lo arrugo dentro del puño.

—¿A qué hora viniste ayer? —me pregunta mirando hacia la ventana.

—No lo sé, no miré el reloj al llegar.

—¿Dónde estuviste?

Pese a que habla con aparente indiferencia, en algunos momentos se le escapan pequeñas dosis de preocupación.

—En Moncloa.

—¿Os lo pasasteis bien?

—Fenomenal. Fíjate, estuve practicando eso de la Unión Europea.

—¿Cómo? —mi madre desvía la vista de la ventana y la posa en mis ojos.

—Con una francesita preciosa.

Mi madre rompe a reír y me da un beso en la mejilla. ¿Para qué contarle que no me acuerdo ni de su nombre, o que no sé ni cómo volví a casa y que aunque hubiese mirado el reloj no lo habría visto de lo ciego que iba? Así todo funciona mejor y evitamos preocupaciones innecesarias.

—¿Quieres desayunar algo? —dice antes de salir de mi cuarto.

—No, déjalo, gracias —le respondo con cara de angelito.

Me incorporo de la cama y me visto: unos calzoncillos y una camiseta. Entonces, camino del salón, siento un arrebato un poco machista. Necesito que mi hermano se entere de que me he ligado a una francesa, pero claro, no se lo puedo decir a él, no nos hablamos. Quiero humillarle, que vea lo poco que aprovecha la vida. Mi padre y él están en el salón, viendo un partido de tenis en la tele. Eduardo permanece inmóvil y mi padre está comentando algo sobre los derechazos del tenista español, pero al verme se detiene.

—Te dije que vinieses pronto, Miguel.

Si lo hubiese planeado, no habría salido mejor. Me lo ha puesto a huevo.

—Compréndelo, papá, ayer estuve con una francesa que estaba de muerte y no podía defraudarla.

Mi padre niega con la cabeza y trata de disimular la sonrisa, pero no puede. ¿Por qué a los padres les hará tanta ilusión que sus hijos liguen? Yo lo he notado desde la primera vez que les conté que la noche anterior había pillado. Será alguna frustración que ven realizada en la carne de su carne, como esos padres que quieren que su hijo sea médico, o su hija profesora porque es lo que ellos querían ser y no pudieron. Lo peor es que algunos consiguen inculcárselo, sin pararse a pensar que las inquietudes de sus hijos pueden ir por caminos distintos. De momento nuestros padres nos dejan libertad en ese aspecto. Mi hermano va a estudiar filología hispánica y yo todavía no lo tengo muy claro. Aún nos queda año y pico para decidirnos, si es que no volvemos a repetir. De todas formas no me pueden echar en cara que no me preocupe. Estoy preguntando a todos los universitarios que conozco, informándome para no equivocarme al elegir. Que la facultad que escoja sea sin lugar a dudas aquella en la que menos haya que estudiar. Pero ahora no me inquieta, está muy lejos. Un año para mí, que vivo al día, es como la eternidad. Para ser sincero, lo que más me preocupa en estos instantes es que Eduardo no ha reaccionado a mi comentario. Es normal que trate de no mostrar interés, pero normalmente se le nota que está escuchando en algún mínimo movimiento de la cara. Ni se ha inmutado el tío. Cualquiera diría que es un aficionado incondicional del tenis, que no lo es. Fijándome un poco más descubro que ni siquiera está mirando la pantalla, sino un poco más arriba, como a la altura de un jarrón con flores que hay sobre la tele. A mi hermano se le va la olla muchas veces. Se puede tirar horas sin hacer nada, sólo pensando y pensando, pero hoy noto que hay algo más en su ensimismamiento.

3
DÍAS DECISIVOS

Eduardo

Utopía: Entonces mismo sitio, mismo día, misma hora.
Ego: De acuerdo.
Utopía: No lo olvides.
Utopía sale del canal.

HAN pasado cinco días y vaya donde vaya, lea lo que lea, escuche lo que escuche, siempre aparece lo mismo. Como si estuviese escrito en el cielo, como si el viento me lo susurrase constantemente al oído, como si la televisión fuese la pantalla del ordenador. Sólo a ratos, que no duran mucho, pienso que soy un pringado. Nadie en su sano juicio puede emocionarse de tal manera por una conversación virtual con alguien que quizá no es como dice, pero durante la hora que estuvimos charlando tuve una de las sensaciones más placenteras de mi vida. Quizá me esté enamorando. Me da vergüenza incluso pensarlo, pero ya se me ha cruzado varias veces la idea por la cabeza. Es algo tan absurdo como fascinante. Sólo he hablado una hora con una desconocida y llevo cinco días como un vegetal, analizando las frases que recuerdo con la pulcritud de un cirujano. Busco dobles, triples y hasta cuádruples sentidos. De vez en cuando trato de frenarme, de ponerme aunque sea la zancadilla a mí mismo para no seguir dando vueltas en torno a lo que quizá no sean más que tonterías que mis ilusiones disfrazan de secretas declaraciones de amor. Estos días, cuando he salido del instituto, no he cogido el autobús en la parada de al lado, sino que me he ido andando hasta dos o tres paradas más adelante. Luego, al llegar a casa, no puedo parar quieto.

—He decidido que voy a salir por las tardes a dar una vuelta —anuncié a mis padres el lunes—. Es bueno desconectar un rato.

Tras unos momentos de confusión, mi madre le dio forma con palabras a lo que ambos estaban pensando:

—¿Desconectar de qué? Cualquiera diría que te tiras todas las tardes estudiando. Tendrá jeta.

—Bueno, yo necesito desconectar, qué queréis que os diga —zanjé el tema y me fui sin más.

Hoy es el primer día de la semana que salgo de clase sin pensar al cien por cien en Utopía. ¿El motivo? Que mis padres han tenido una reunión con la tutora y estoy nervioso por lo que les pueda haber dicho. Así que cojo el autobús en la parada más cercana al instituto. Entro en casa con la cara de cordero degollado con que afronto las regañinas. Miguel ya está sentado en el sillón, entre mis padres, también con cara de inocente. Debe de llevar veinte minutos allí. Inconvenientes de volver en metro. Mi madre dice que me estaban esperando y me muestra con una mano el lugar del sillón donde tengo que sentarme.

—Bueno, ya sabréis que hoy hemos ido a hablar con vuestra tutora —comienza mi padre.

Los dos asentimos rápidamente. En este momento, reconozco que somos iguales.

—Pues bien —continúa mi madre, como si hubiesen

pactado decir una frase cada uno—, ella, como nosotros, también está preocupada.

La tutora les había dicho que de seguir así, según la opinión generalizada de los profesores, volvíamos a repetir, y a continuación se había explayado en el problema particular de cada uno. Según lo contaba mi madre, yo me la iba imaginando en su despacho, enumerando nuestros defectos a nuestros padres: «Miguel es un culo de mal asiento. No puede parar quieto. Por decirlo de alguna manera, es el alborotador, el graciosete que desgraciadamente no puede faltar en ninguna clase. Y créanme que no es plato de buen gusto para mí decirles esto, pero opino que es necesario. Miguel cree que le tengo manía, algo que es absolutamente falso, aunque me sobren motivos. Si le he encasillado un poco ha sido después de comprobar que detrás de cada trastada estaba la mano de su hijo. Yo calculo que en lo que llevamos de curso, que no es poco, todavía no ha atendido a las explicaciones durante una hora seguida. Esa pelota de papel que cruza la clase por el aire, esos sonidos extraños, esa nota escrita que va de mano en mano aflojando la risa de quien la lee... Y eso cuando viene a clase, una buena costumbre que está perdiendo con el paso de los meses».

Mi hermano ya no sabe dónde meterse. Se encoge en el sofá, como queriéndose esconder dentro de sí mismo. Y mis padres siguen y siguen desde el sofá, y mi tutora sigue y sigue desde mi cabeza: «Al igual que les digo todo esto, también les tengo que decir que tratándole de tú a tú es un chaval muy majo, hasta noble, me atrevería a decir, pero, claro, eso no vale. Y en cuanto a Eduardo», vaya, hombre, ya me toca a mí, «es para estar preocupados también. La verdad es que si no se pareciesen tanto físicamente, nadie diría que son hermanos, ni siquiera familiares lejanos. Si el uno se pasa por un lado, éste se pasa por el otro. Reconozco que me es más cómodo tener Eduardos en clase que Migueles, ya que los primeros, aunque desesperan igual, no contagian al resto. A Eduardo, los profesores le hemos puesto el mote de la Estatua. Perdonen que se lo diga a ustedes, pero es para que se hagan una idea», así que la Gorila, Hitler, el Aborto, la Potito, el Loco, Homer, Valdosux y el Cabeza me han puesto mote, curioso. «Su hijo viene a clase, pero podría estar haciendo lo mismo en el salón de su casa, en un banco del parque o dando una vuelta por la ciudad. Y luego le preguntas algo y te mira con fastidio, como diciéndote que quién eres tú para interrumpir sus pensamientos. A veces llego a pensar que tiene un nivel altísimo, que está por encima del resto de la clase, pero con cada examen me lo desmiente. El único profesor que está encantado con él es el de literatura. Sus exámenes en esta asignatura se cuentan por dieces. Es su ojito derecho, charlan a menudo, confrontan sus puntos de vista sobre autores que el resto de la clase no ha oído nombrar ni por casualidad, se recomiendan libros e incluso se dejan lo que escriben. Si mostrase una décima parte de ese interés por el resto de asignaturas, las aprobaría sin problemas. Pero pasa completamente de todo. Él va a lo suyo, y quizá algún día llegue a ser bueno en eso, pero mientras tanto tiene que bajar un poco al mundo real.»

—¿Qué tenéis que decir a todo esto? —concluyen al tiempo mis padres y mi tutora.

—Nada —respondemos al tiempo Miguel y yo.

No sé quién es el autor, pero hay un libro de psicología que dice que castigar a los niños no es muy útil. Que es más educativo que ellos reflexionen sobre su culpa y que lleguen, sin imposición paterna, a la conclusión de que deben cambiar. Ya digo que no sé el nombre del autor, pero sea quien sea nunca tendré palabras suficientes de agradecimiento. La de castigos que habrá evitado en mi casa.

—Voy a bajar a dar una vuelta para reflexionar sobre el tema —digo, tan metido en el papel que casi acabo creyéndomelo.

—Yo también voy a reflexionar, a mi cuarto —añade mi hermano, también con una actuación creíble.

Antes de salir por el portal ya he desconectado. Tampoco ha sido para tanto, caras severas, gestos de desesperación, miradas torcidas..., nada nuevo que pueda aspirar a ocupar el lugar que ahora llena esa muchacha desconocida, amiga de los niños y de los animales, amante de las causas perdidas. Quizá por esto último tenga alguna posibilidad con ella, si es que realmente existe. Camino por la calle como si mis piernas fuesen un vehículo ajeno a mí que se moviese por su propia voluntad, sin atreverse a pedir permiso al cerebro, ocupado como está en dar más vueltas a algo que ya está mareado de tanto girar. Todo es distinto y más irreal a mi alrededor desde el viernes pasado. Me detengo instintivamente a encender un cigarrillo y continúo con mi ingrávido paseo. Así, sin darme cuenta, aparezco junto a un centro comercial del barrio que está como a media hora larga de mi casa. Me asusto de todo lo que he andado en un suspiro y decido volver por la calle principal, sin dar los rodeos que he debido de dar a la ida. Trato de engancharme a la tierra con una de mis actividades favoritas, imaginar las historias de la gente con la que me cruzo. Comencemos por aquel hombre trajeado y sonriente que camina junto a un anciano matrimonio en el que la mujer no para de hablar. En un primer arranque, se me ocurre pensar que es el hijo que hace tiempo que no ve a sus padres porque está muy ocupado en su trabajo, y al que están contando las novedades. Ésa sería la explicación fácil, pero a medida que me acerco voy atisbando la verdad, al menos mi verdad. El mundo está lleno de cosas aparentemente sencillas que, con sólo rascarlas un poquito, se revelan enrevesadas y oscuras. Este hombre con pinta de ejecutivo es en realidad un timador especializado en el famoso Timo del Tío. Le miro la cara cuando me lo cruzo y no hay duda, tiene el estigma. Ya no lo veré más, pero he capturado su historia. Un rato antes se ha hecho el encontradizo con la inocente pareja, a los que en absoluto conocía. Se ha acercado a ellos con los brazos abiertos, diciendo:

—¡Pero bueno, tíos, cuánto tiempo! ¿No se acuerdan de mí?

Y con todo el morro del mundo se ha abrazado a ellos. Los viejos se han echado un poco hacia atrás, entre extrañados y desconfiados, pero la sonrisa del timador es tan afable e inofensiva, que su defensa titubea. La curiosidad va ganando terreno a la cautela. Ambos murmuran posibilidades hasta que la mujer, tocada en su moral por esa ofensa de la memoria, resuelve:

—¡Ya está! Éste va a ser Felisín, el de la Felisa —le aclara al marido, que levanta las cejas como diciendo fíjate tú.

—Exactamente —otorga el timador eufórico. Ya sabe al menos su nombre.

—Hace tanto que no veo a mi hermana... ¿Qué tal está?

—Bien, bien —responde sin comprometerse.

La vieja entonces se pone a largar. En este punto se cruzan conmigo, pero yo no pinto nada en esta historia, no sabe que está entrando al trapo de cabeza.

—Porque ahora no nos vemos, pero tu madre y yo, de pequeñas, inseparables —junta ambos dedos índice—. Hasta dos años después de tenerte a ti, cuando os marchasteis a Venezuela. Por cierto, no tienes nada de acento. ¿Y cómo te va todo? Ya me contó Felisa que te colocaste muy bien. Imagino que estarás en Madrid por cuestión de negocios. ¿Y cómo nos has conocido? Calla, calla, no me lo digas, seguro que tu madre, tan precavida como siempre, te ha enseñado las fotos que les mandamos por Navidad. ¡Cómo nos queríamos tu madre y yo..! Y nos seguimos queriendo a pesar de la distancia, no te creas. Mira que no decirnos que venías. Nos querías dar una sorpresa, ¿eh, granuja?

Bla, bla, bla... Y resulta que el timador acaba por enterarse de todo sobre su impostora vida: los hermanos y hermanas que tiene, la edad a la que falleció su padre, sus primeros pinitos en el mundo empresarial, esa novia que al final le abandonó... Aunque tenía pensado terminar pidiéndoles dinero porque una transferencia de Venezuela se había retrasado, le he cogido cariño a los viejecillos y no lo puedo permitir. Así que cuando la mujer lo ha hablado todo, el timador descubre que tiene un nudo en la garganta. Se acaba de dar cuenta de que siente añoranza de esa vida que le cuentan que ha tenido, y que en cierto modo le hubiese gustado tener antes que la que realmente ha tenido. Entonces...

De pronto, la historia del timador sentimental se esfuma. He escuchado ya tres gritos de llamada y levanto la vista. Seguro que no es para mí, a mí nadie me llama en la calle... bueno, ni en casa. Unos treinta metros más allá hay un coche parado ante un semáforo en rojo. Por la ventanilla trasera asoman unos brazos que se agitan y una cara que mira hacia mí. Me giro. No, no hay nadie detrás, soy el destinatario del saludo.

Camino convencido de que es una confusión. Mientras me acerco voy descubriendo algo que mi cabeza no me deja creer. Definitivamente el mundo se ha vuelto loco, porque la que me saluda desde el coche es Yolanda Martínez, mi presentadora de televisión favorita, la chica de las mechas que presenta los libros juveniles. Cuando avivo el paso para hincarme de rodillas ante el coche, el semáforo se pone en verde y éste arranca. Su mano agitándose a modo de despedida se queda en mis retinas incluso después de que el coche dobla una esquina. Esto que me acaba de pasar es mucho más increíble. Una historia de amor que traspasa pantallas. Llego a casa sin saber ya dónde estoy. Utopía y la presentadora, demasiadas emociones fuertes para mi monocorde vida.

—¿Has reflexionado? —me pregunta mi madre desde otra dimensión.

Yo hago un rápido viaje astral de ida y vuelta para responder:

—Sí, tengo que poner más interés en el resto de asignaturas y ser más sociable.

Miguel

LAS cosas se han calmado en casa después de que el miércoles mis padres fuesen a hablar con la tutora. Si me hubiesen preguntado ese mismo día, habría jurado que este fin de semana no salía ni de coña, pero veo que ha llegado el viernes y de la tormenta no quedan ni charcos. Lo primero que tengo que decidir es si quedo con los amigos, con la francesa, o con todos a la vez. Llamo a un par de amigos, han quedado esta vez en la Puerta del Sol, en el kilómetro cero. Yo les digo que igual voy acompañado, y cuando me preguntan que si está buena no me queda más remedio que decirles que no me acuerdo. A continuación cojo el papelito con el número de teléfono y lo marco resuelto. La inseguridad es de cobardes.

—¿Diga? —responde una voz joven de chica.

Si encima voy a tener suerte y me lo va a coger ella directamente.

—Soy Miguel, ¿con quién hablo?

Un silencio largo.

—¿Por quién pregunta? —me habla de usted, ¿pero quién se habrá creído que soy?

—Quería hablar con una chica francesa que tiene unos pendientes que son como...

Su risa interrumpe mi frase.

—Ya intuía yo que no te ibas a acordar —la que habla

al otro lado de la línea no tiene acento, es más, habla como demasiado correctamente, pero no cabe duda que ella escribió la nota, entre otras cosas porque es su teléfono—. Casi mejor colgamos, tú rompes el papel con mi teléfono y nos olvidamos del tema.

A falta de alguien que me dé una torta, me la doy yo. No acabo de espabilar, y hasta que no oigo un adiós murmurado por el auricular, no reacciono.

—¡No! No me puedes dejar así, me pasaría el resto de mi vida pensando en quién se esconde detrás de ese número de teléfono, tendría que buscar en la guía telefónica e ir a esperarte a tu portal. Mi hermano es un amante de las ocasiones perdidas y lo último que me gustaría es ser como él. ¿Quién eres?

—Soy Yolanda.

—Ya, pero...

—Entiendo, quieres saber qué sucedió el viernes pasado. Verás...

—Espera, Yolanda. ¿Qué tal si quedamos hoy y me lo cuentas?

—Mmmm, vale.

—Una cita a ciegas.

—A tuertas diría yo, porque yo sí te conozco.

Quedamos en el kilómetro cero a propuesta mía, así, si no me gusta, tengo a los amigos al lado. Yolanda me dice que es una chica de estatura normal, con el pelo moreno y algunas mechas rubias. Yo le digo que iré con un periódico debajo del brazo y una rosa en la solapa para que me reconozca y rompe a reír. ¡Qué chispa tengo cuando hay algo interesante de por medio! Nos despedimos con sendos hasta luego y yo ni siquiera cuelgo, sino que, tras pulsar para volver a tener línea, marco el número del Tocho.

—Tío, necesito que me hagas un favor.

—Tú dirás.

Le explico mi cita a tuertas.

—Lo que quiero es que quedemos tú y yo en las taquillas del metro. Entonces tú sales y echas un vistazo a la chica en cuestión. Es morena con mechas rubias, no creo que haya muchas chicas así justo a esa hora y justo en ese sitio. Entonces vuelves a bajar y me cuentas cómo está el panorama. Si es un callo, avisas a los demás y nos escaqueamos.

El Tocho accede. Ya está todo resuelto. Tengo tres cuartos de hora para arreglarme, creo que serán suficientes. Me meto en la ducha hasta terminar arrugado, echo gomina en todos y cada uno de los pelos de mi cabeza, me cepillo los dientes hasta que me sangran las encías y empapo mi camiseta de colonia. Ya estoy listo. He tenido bastantes citas, pero ésta es la primera en la que no conozco a la chica, no sé, es como algo especial, aunque luego será lo de siempre, un rollete más que no pasará a la historia. No sé qué hacer para matar los minutos que me quedan para salir, así que decido ir al salón, a ver cómo se pudre mi hermano frente al televisor. Cuando llego, descubro que Eduardo está en otra dimensión. Mira la tele embobado, como la niña de *Poltergeist*. Atravieso entre la pantalla y sus ojos, como platos, pero no se mueve. Lleva varios días raro —no creo que sea por lo de la tutora—, pero hoy se ha salido. Miro la tele, a ver qué le está atrapando de esa manera. Una chica está presentando unos libros. Eduardo lo está grabando en una cinta de vídeo. ¡Qué gracia, la chica tiene mechas! Vuelvo la vista hacia mi hermano otra vez. Parece como si le estuviesen hipnotizando, o casi peor, como si fuese él quien intentase hipnotizar a la presentadora. Mi hermano no va a acabar bien. Me da que le quedan dos telediarios para la camisa de fuerza y el manicomio. Mira, mejor me voy, porque me está desquiciando. A ver: dinero, llaves y «abono transportes». Abandono mi casa sin dejar que mis padres me digan que llegue pronto.

Adoro el metro, los empujones, las apreturas, que alguien se pase de estación porque no encuentra hueco para salir... Lo bueno de la estación de Sol es que sale casi todo el mundo, así que no hay problema. Me dejo llevar por la multitud escaleras arriba, escaleras abajo, hasta que desembocamos en las taquillas. Yo me echo a un lado y me apoyo en un lateral de la cabina donde se despachan billetes. ¡Cuanta tía! Aquí no te aburres. Al cabo de un par de minutos, reconozco a lo lejos al Tocho entre la riada de gente, algo que, por cierto, no tiene dificultad alguna. Es la cabeza que se acerca como flotando sobre el resto de las cabezas. Él no me ve hasta que no me cruzo en su camino.

—¡Qué pasa, Miguel! —me dice desde sus alturas.

Yo ni siquiera saludo. Le hago un gesto para que continúe su camino y vuelva pronto con noticias. Vale, vale, parece querer decir con las manos, y se pierde escaleras arriba, hacia la calle. No sé si he hecho bien en encomendarle esta misión al Tocho. Sus gustos están un poco atrofiados. Ahora que lo pienso, cuando hemos coincidido en alguna chica no ha sido por tener gustos parecidos, sino porque era la típica tía cañón que gusta irremediablemente a todos los que la ven. Quizá esté exagerando un poco. ¿No será que estoy nervioso?... ¿Nervioso yo? ¡Anda ya! A ver si vuelve ya el jirafa este. En las taquillas de la estación de Sol se da uno cuenta de la cantidad de gente que hay en Madrid. En el pueblo donde veraneo todos nos conocemos, sin embargo aquí podía estar días sin ver pasar a nadie conocido. Parece como si las personas saliesen de las paredes, como si hubiese alguien fabricándolas, dándole a la manivela sin parar. ¿Adónde irá tanta gente? ¿Serán felices?

—Miguel —oigo casi a mi lado, es el Tocho.

—¿Qué, merece la pena?

Su mirada ya me responde, pero espero a que las palabras lo confirmen.

—Está de vicio, tío.

Trato de evitarlo, pero finalmente sonrío. Soy el mejor, lo sé. Aunque me digo que tengo que ser cauteloso, y que hasta que no la vea, no debo lanzar los cohetes, no me hago caso.

—Bueno, Tocho, gracias por el favor, pero ahora vete con los otros, que prefiero hacer como que llego sólo.

El Tocho accede a regañadientes. Yo me miro por última vez en el cristal de la taquilla. Viva la madre que me parió. El taquillero sonríe con mis gestos, pero a mí me resbala todo. Habría que ver a su mujer, una vieja teñida de rubio sucio, con unas caderas en las que ni siquiera le entrará el *hula-hoop*. Ni en sus más inspirados sueños habrá podido imaginar una chica como la que voy a encontrarme allá arriba. Al final le clavo una mirada de superioridad que no puede aguantar y se da media vuelta. Yo hago lo propio y me dirijo hacia la calle. Cruzo y ordeno a mis piernas que me lleven hacia el kilómetro cero. El grupo de colegas está un poco más allá, murmurando y riendo. Reíd, reíd, que ya lloraréis. Unos metros más cerca descubro a la chica, a Yolanda. Mira hacia mí sin hacer ningún gesto especial, como esperando a que la reconozca. El caso es que me suena de algo, como si la hubiese visto hace muy poco tiempo. Debe de ser que la tengo escondida en mi cabeza, y al verla mi cerebro ha sentido que algo de ella había por ahí registrado del viernes pasado. La verdad es que el Tocho se ha quedado corto. No está de vicio, está... de requetevicio. Al triple de la velocidad a la que ando se acerca a mi estómago una pelota sólida de nervios. Justo antes de decirle qué tal, pienso (¡cómo no había caído antes!) que es la primera vez que quedo con una chica sin ir tajado, y cuando le doy los dos besos noto que me tiemblan las mejillas. Necesito beber algo ya.

—¿Te ha dado el visto bueno tu amigo? —me dice, señalando con un dedo hacia atrás, donde éstos no paran de retorcerse de risa.

—¿Qué amigo? —le respondo, haciéndome el tonto y mirando a todas partes como si no conociese a nadie.

—Un espía no tiene que tener rasgos llamativos para no llamar la atención. ¿No conoces a nadie que mida menos y que sea un poco menos descarado?

Soy el mejor, es verdad, pero a veces soy un inútil.

—Qué va, aunque no te lo creas es el más bajito y discreto del grupo —es la única tontería socorrida que se me ocurre.

Pero antes de dejar que diga nada, le agarro el brazo y me la llevo en dirección opuesta a donde están los colegas —ahí os quedáis con vuestras risitas—, de nuevo hacia la boca del metro de Sol. De momento no tengo nada pensado, no sé adónde llevarla, ni qué táctica emplear para cazarla. Ahora mismo sólo tengo una cosa en la cabeza que me dispongo a realizar con devoción. Paso junto a la cabina y me detengo, espero a que me mire el taquillero, señalo con la cabeza a Yolanda y levanto el dedo corazón. Monta aquí y da pedales, pringao. Nos metemos dentro. Hasta que no llegamos al andén de la línea amarilla —al final la llevaré a Moncloa—, no reparo en ella entera, en su conjunto. Lleva unos zapatos negros de tacón bajo, unas medias marrones y una minifalda del mismo color, pero de un tono más claro. En la parte de arriba, un jersey fino azul con un dibujo extraño que no logro identificar. Pero lo mejor está encima de todo eso: su cara. El pelo le cae por ambos lados en hebras claras y oscuras. Me está mirando, sí, me mira más que a los ojos, dentro de los ojos. Y me está sonriendo, sí, me sonríe con la ternura con que se sonríe a un bebé. Tengo que decir algo, pero me cuesta tanto sin haberme tomado unos tragos...

—¿Qué tal? —es lo único que me sale.

—Muy bien, ¿y tú? —me responde.

Llega en esos instantes el metro y yo me siento aliviado. Entramos a empujones y su proximidad —estamos apretujados el uno contra el otro— me amenaza de una forma entre gozosa y terrorífica. Me está dando pie a hablar, con sus palabras y con sus gestos, pero no sé qué me pasa que ahora todo me suena como con punto y final. Éste no soy yo, me está poseyendo el espíritu de mi hermano. Yo soy gracioso, ingenioso, chisposo, suelo estar sobrado con todas, incluso en circunstancias adversas. Yo he triunfado con chicas que no me han mirado a la cara e incluso me han despreciado hasta que les he largado el primer beso, y ya me ves ahora, casi tartamudeando con una que pone todo de su parte.

—Estabas mucho más parlanchín el viernes pasado —me dice, como para animarme, sin saber que me acaba de hundir.

—Es que... no sé.

A ver si llegamos ya, me tomo unos copazos rápidos y luego te vas a enterar de quién es el que habla aquí. Al fin se abren las puertas en la parada de Moncloa y salimos. Parece como si hubiésemos viajado en el vagón de la juventud. No hay nadie en mi campo de visión que tenga más de treinta años.

—¿Tienes prisa? —oigo a mi espalda, y me doy cuenta de que la estoy dejando atrás.

Me disculpo.

—Sí, tengo ganas de llegar a un bar para... —me lo pienso dos veces y en el último instante cambio lo que iba a decir—, para que me cuentes lo que pasó el fin de semana pasado.

Ya en la calle, me pregunta algo raro. Que si la reconocí el miércoles pasado, o algo así.

—¿Queeé?

Yo no sé si será por estos nervios que hoy parezco estrenar, pero todo me resulta raro e incómodo. Le respondo que no y ella se encoge de hombros y dibuja un gesto de no entender. Esto tiene delito. Voy caminando junto a una chica preciosa, simpática y alegre, y yo estoy que me lo hago encima. Al cabo de unos minutos llegamos a un bar distinto del de siempre. Creo que mis amigos no tenían pensado venir, pero no quiero arriesgarme. Nada más llegar, le pregunto que qué quiere y me acerco a la barra. Ella se sienta mientras tanto en una mesa. ¿Sentados? Menudo apalancamiento, pero bueno.

—Una naranjada y mini de calimocho.

—Es la hora feliz —me dice el camarero—, son dos por uno.

—Fenomenal.

De dos viajes, llevo a la mesa sus dos naranjadas y mis dos litros de calimocho. Yolanda mira alternativamente mi cara y las consumiciones.

—¿Esperas a alguien?

Niego con la cabeza y le informo de que estamos en la hora feliz. Hablamos sobre tonterías mientras me bebo el primer mini: el comienzo del calor y su efecto negativo en los estudios, nuestras preferencias con respecto al mar o a la piscina, la gente que se tumba al sol horas y horas para acabar con la piel más oscura, y lo curioso que resulta que algunos de ésos odien a los negros. Cuando ataco el segundo, aunque aún no noto ni siquiera el ligero mareíllo que precede al estado de euforia, me siento un poco mejor. Empiezo a ser yo, aunque en un rincón de mi cabeza suena una voz rebelde parecida a la de Eduardo. Empiezas a no ser tú, me dice, pero yo ahogo esas palabras en un trago interminable, y cuando devuelvo el vaso a la mesa, me siento con fuerzas para empezar la conversación que estaba retrasando artificialmente.

—Bueno, Yolanda —mi mirada segura se da un paseo por sus pestañas pintadas de negro—, me gustaría saber qué hice yo hace una semana para conocerte y para que quisieras volver a quedar conmigo.

—Te responderé a lo primero, lo segundo aún no lo sé ni yo. Pues verás, el viernes pasado quedé con mi pandilla para salir. No es que a mí me guste mucho la juerga —empezamos mal—, pero reconozco que es la única forma de verlos. Fuimos por aquí, por allá, y ya estaba aburrida. Íbamos a los sitios, bebíamos, bailábamos, pero no hablábamos. Los únicos intercambios de palabras eran adónde vamos ahora y qué vas a tomar. Llegamos al Otro Sitio y, para no romper con la tradición, alguien me preguntó que qué tomaba y nos pusimos a bailar formando un amplio corro. Tenía los pies hinchados, los ojos irritados, la tripa a reventar de naranjada y estaba hasta las narices de bailar. Entonces un tío que venía de pedir en la barra, borracho perdido, se coló en medio del corro sin darse cuenta —según lo está contando, me temo que acabo de entrar en escena—. Todos empezaron a reírse y él, lejos de cortarse, empezó a bailar haciendo unos aspavientos rarísimos, abofeteando el aire. A mí me dio mucha pena, y odié por igual a cada uno de mi pandilla. Mientras, él seguía a lo suyo, sin saber muy bien dónde estaba.

—Yolanda —le interrumpo—, puedes dejar de hablar de él como si fuese otro, ya sé que soy yo.

—La verdad es que casi juraría que eras otro, pero en fin —esta chica está compinchada con esa voz rebelde que tanto se parece a la de mi hermano—. El caso es que yo no lo pude aguantar. En una de tus filigranas de baile, estuviste a punto de caerte, y de darme un manotazo en la cara, todo hay que decirlo. Te sujeté, aunque no pude hacer lo mismo con la copa, y te llevé a un sofá alargado que había al fondo y que ocupaba casi una pared. Junto a nosotros había un montón de parejas enrollándose, pero yo no te había llevado allí para eso. Descansa un poco, te dije, y tú te quedaste mirándome con la boca abierta y los ojos extraviados, para decirme al momento que estábamos en primavera y que si me gustaban los restaurantes chinos.

Yo me río, no lo puedo evitar, y Yolanda parece molestarse. Me amenaza con no seguir contándomelo si no me tomo en serio algo que considera muy grave. ¡Qué exagerada! Yo recompongo mi gesto y ella continúa. Al parecer, le decía cosas sin sentido y de vez en cuando intentaba acercarme, con los ojos cerrados, para darle un beso, pero ella apartaba la cabeza y yo perdía la orientación y acababa estampando los morros en el respaldo del sofá. Luego, por lo visto, le conté que acababa de estar con una francesa, pero que se había ido porque decía que estaba muy borracho y que era un pulpo.

—Yo no sabía si romper a reír o a llorar. Al rato llegaron mis amigos y me dijeron: venga, que nos vamos al Láser a mover el esqueleto. Yo les respondí que se fueran ellos, que te iba a acompañar —en este punto me emociono un poquito y pienso que la gente no es tan mala—. Pensaba dejarte en la parada del búho, pero dio la casualidad de que cogíamos el mismo. Te dormiste en el autobús y yo aproveché para meterte la nota con mi teléfono. No sabía muy bien lo que estaba haciendo, pero me dejé llevar. Tal y como ibas, no tuve más remedio que bajarme en tu parada y acompañarte... bueno, mejor dicho, arrastrarte hasta tu portal, donde te quedaste luchando contra la cerradura. Estos días te juro que...

—Espera un segundo, ¿qué quieres tomar?

—¿Yo? Nada... pero... —murmura.

Me levanto, esta vez a por un litro de calimocho, a ver si hay suerte y no ha terminado la hora feliz. Cuando vuelvo con los dos litros en la mano ella hace un gesto como de ir a decirme algo, pero se contiene.

—¿Decías? —la provoco.

—Nada, sólo que a veces pienso que podías haber metido los pantalones del viernes pasado en la lavadora y que el detergente que lava más blanco hubiese borrado mi número de teléfono y hecho trizas el papel.

—¿Y no haberte conocido? Dios mío, no digas eso ni cuando estés sola, que te atragantas. ¿Sabes qué es lo que más me gusta de ti? —ya empiezo a lanzarme. Ella se ruboriza un poco y se encoge de hombros—. Lo que más me gusta de ti eres tú.

No sé si acabo de decir una tontería o una declaración con todas las de la ley, pero ella parece acoger bien mis palabras. Agarro el primer vaso, del que ya no queda mucho, con intención de terminarlo, tengo ganas de ir pronto a algún sitio de esos que me gustan a mí: oscuros, música a tope, sillones escondidos... Miro el extraño dibujo de su jersey, deformado ahora por el culo de cristal del vaso. Es imposible saber qué es eso, no hay por dónde cogerlo, se escapa de cualquier forma conocida. Cuando devuelvo el vaso a la mesa, Yolanda me pide que deje el segundo litro y nos vayamos a otro sitio.

—Tranquila, que no tardo nada. Oye, ¿representa algo el dibujo de tu jersey?

—Es de un cuadro que se llama *Amor*.

—Pues yo ahí no veo el amor por ningún lado.

—¡Ah! ¿Pero tú sabrías reconocer el amor si lo vieses? ¿Cómo lo dibujarías tú?

—Pues con un corazón.

—¡Qué original!

Sus últimas palabras han sonado como si las hubiese

dicho mi hermano y eso no me gusta nada, es algo de lo que estoy realmente harto. Me levanto y le digo que no estoy dispuesto a que me llamen superficial, simple, vacío, dos dedos de frente, ni nada por el estilo.

—Tú te lo has dicho todo —me responde pasmada, pero sin perder esa dulzura que me obliga a no poder seguir cabreado.

No puedo aguantar más. No sé cuál será el secreto de su metamorfosis, pero cada minuto está más guapa.

—Venga, vamos a La Clave. Conozco a una camarera allí.

Dejo el calimocho a la mitad y salimos de la mano. La noche me abraza y la luna me sonríe. Pienso que tengo mucha suerte, pero no se lo digo. Ese tipo de cosas no se dicen a una chica porque quedas como un pringado que no te crees que puedas estar con ella. Las relaciones personales —con chicas, hermanos, etc.— se basan en una constante lucha de fuerzas, y mostrar tus debilidades te hace estar por debajo. Así que, aunque todavía no sé qué hace esta chica con alguien como yo, tiene que parecer que soy yo el que está haciéndole el favor con mi compañía. Entramos en La Clave y me dirijo enseguida a la barra donde trabaja Angie, la hermana mayor de García. Tiene veinte tacos. Está buena la tía, yo le he tirado los tejos alguna vez, pero dice que soy un enano. Nos saludamos y le presento a Yolanda, para que vea que no pierdo el tiempo. Yolanda también es mayor que yo, pero sólo un año, aunque parece mucho más madura que Angie. Yolanda pide una naranjada y a mí ya sabe lo que ponerme. En cuanto nos alejemos de la barra, me olvido de ella. Colocamos los vasos sobre una mesita de metal elevada y yo le tiendo los brazos para que se me agarre y nos echemos un baile.

—Pero cómo vamos a bailar un lento con esta caña —me grita al oído.

—Yo bailaría un lento contigo hasta en medio de un terremoto.

Ella finalmente me agarra una mano y me coloca la otra en el hombro. Yo rodeo su cintura y la acerco a mí. Cierro los ojos. Al principio es un ligero temblor a nuestros pies, pero va aumentando con violencia. Luego, el estruendo de una casa derrumbándose a nuestro lado nos hace pegarnos más. Yolanda apoya su frente en mi mejilla. El suelo se abre, una grieta inmensa a un lado. Un cascote del tamaño de un coche cae junto a nosotros, pero la música sigue sonando suave y no nos podemos separar ni dejar de bailar. ¿Que cómo dibujaría el amor? Si me lo hubiese preguntado ahora lo habría tenido fácil. Cuando parece que el mundo entero va a reventar, abro los ojos. Somos lo único que queda con vida entre tanta destrucción. De repente, descubro que nos estamos besando, no sé cuánto tiempo llevamos haciéndolo. Nos movemos muy despacio, como siguiendo la canción que ambos escuchamos en nuestro interior. Creo que es el beso más lento que he dado en mi vida. Saboreo sus labios con sumo cuidado, como el niño que quiere disfrutar del caramelo sin que se le termine. Esto hay que celebrarlo.

Eduardo

AL fin es viernes, han terminado las clases, me he echado una pequeña siesta, mi hermano se arregla para salir y yo veo el programa de los libros, aquí, tirado en el sofá. No recuerdo haber esperado la llegada de un día con tanta ansia. Llevo desde que me levanté con la brumosa impresión de que hoy es uno de esos pocos días decisivos que hay en la vida. Porque, aunque la gente dé importancia a muchas cosas, en la vida sólo hay dos, tres, cuatro, a lo sumo cinco, días decisivos, sin contar los días supremos: nacimiento y muerte. Los días decisivos no son, por supuesto, los que pensaría una persona normal —cabeza hueca como el resto, para no desentonar, y no estoy pensando en nadie—: entrada en la universidad, primer día de trabajo, boda, nacimiento de los hijos, bodas de hijos, nacimiento de nietos..., demasiados días para ser decisivos. Además, la característica principal de estos días a los que me refiero es que son imprevisibles y no buscados. Antes de entrar en la universidad tienes que estudiar, hacer el examen de selectividad, rellenar unos papeles, esperar a que te acepten, si te aceptan, y rellenar más papeles. Imprevisible cien por cien. En cuanto al trabajo, tal y como están las cosas, con un poco de suerte quizá lo consigas después de enviar quinientos currículos a quinientas empresas y realizar cien entrevistas ante cien jefes de personal con la misma cara de perro. Le he dado una patada a esta piedra y resulta que debajo había un trabajo. Y así pasa con todos los días, entre comillas, importantes. ¿A qué venía todo este follón...? Ah, sí, que hoy presiento que es un día decisivo, pero de los de verdad. Pueden pasar tantas cosas que no doy abasto. En el autobús, en la calle, en clase, en el recreo, en casa, en cada lugar se me ocurre un desenlace distinto. Ahora mismo, por ejemplo, se me ocurren disparates como que la presentadora, al despedir el programa, va a torcer la cabeza y agitar la mano como cuando se despidió el miércoles desde el coche; o que Utopía me va a revelar que después de hablar conmigo la semana pasada sabe que detrás de esas frías líneas en la pantalla se esconde un ser excepcional del que ya no podría prescindir. Algo va a pasar, seguro, y lo único que sé es que será algo en lo que aún no haya pensado, es lo que tienen los días decisivos.

El programa de libros lleva ya un buen rato y no tardará en aparecer frente a mis ojos Yolanda Martínez, la sonriente presentadora a la que imagino aún volviendo del centro comercial con sus padres. De repente ve a alguien paseando por la acera. Se le queda mirando mientras le adelantan. Te conozco, piensa. El coche se detiene más adelante, en un semáforo, y ella se ve lanzada contra la ventanilla para saludarle. Eres el más conocido de mis desconocidos. Los días de grabación, al mirar el objetivo de la cámara, siempre veía una cara que no sabía a quién asociar, hasta hoy. El timbre dulce e irreal de la voz de Yolanda, creando ecos lejanos en mi imaginación, se vuelve metálico, ahogado por la cercanía:

—Estamos hoy aquí con Tomás Baeza, calificado por

muchos como el mejor escritor de literatura juvenil de los últimos cincuenta años. Hoy nos presenta su última obra, una interesantísima historia con cierto olor al famoso cuento de la lechera. Háblenos un poco de *Lo que está por venir* —ha elegido un libro con ese título a propósito, para enviarme un mensaje. El autor habla y habla, pero a mí sólo me interesan las palabras de ella. Me inquieta lo que haya querido decirme con el cuento de la lechera, quien vio desvanecerse todos sus planes de futuro al caérsele el cántaro de leche. Me está diciendo que no me haga ilusiones, está claro. Pero cómo puede ser—. El protagonista de su libro es un joven que espera el futuro como si fuese algo inevitable, sin hacer nada en el presente por intentar cambiarlo, ¿cree que esto es algo extendido hoy en día? —pero qué tengo que hacer, dímelo más claro, por favor. No sé si el destino está impuesto o no, pero si está en mi mano cambiar algo... Es cierto que podría llamar a la televisión y preguntar que dónde se graba el programa, y presentarme allí, pero me parece demasiado lío. El autor termina su explicación—. ¿Hasta qué punto su libro es una arenga a los jóvenes para que piensen y no sean pasmarotes? —no te pases, que me encuentre más a gusto solo que acompañado no implica que sea un pasmarote. Y en lo de pensar has metido la pata hasta el fondo, si hago algo sobre todas las cosas es pensar, imaginar, buscar el lado oculto de lo evidente—. Para terminar, Tomás, ¿nos puede adelantar en qué está metido ahora, qué ideas bullen en su cabeza? —para serte sincero, Yolanda, tengo tal revoltijo de ideas que no sé muy bien si voy o vengo, si subo o bajo, si estoy volviéndome loco por responder a las preguntas que haces a otro o si estamos viviendo algo que sobrepasa los límites de la imaginación.

El programa termina. No ha hecho ningún gesto extraño, y por mucho sentido que le busque a sus palabras, tengo que reconocer, en un acto que me reconcilia con la cordura, que difícilmente sus palabras iban dirigidas a mí. Me quedo mirando los títulos de créditos hasta que aparece su nombre y me levanto del sofá. No hay tiempo que perder. Mañana quizá sea un día de análisis, pero ahora me espera Utopía en la sala de estar. Mismo sitio, mismo día, misma hora. Escribo la dirección sin necesidad del buscador. *Connecting site. Web site found, waiting for replay. Openning page*. Ahí están los diferentes temas, los tres últimos siguen siendo: solidaridad, amistad y literatura. Muevo el cursor con el ratón hasta la palabra amistad, que está dibujada sobre una especie de botón que se hunde al pinchar. Esta vez no me equivoco. *Ego entra en el canal.* Estoy un rato preguntando por Utopía hasta que veo que no está, y decido esperar. Entre el revoltijo de nombres no aparece el suyo. ¿Y si estoy haciendo el tonto aquí, esperando a una chica, si es que lo es, que el viernes pasado se lo pasó bien hablando con alguien pero que no tiene intención de volver a conectarse? Cada segundo que pasa, cada línea que aparece en la pantalla sin su nombre, lo veo más claro. Al final este día tan decisivo no va a serlo ni por asomo. Mis padres me anuncian que se van a la cama a ver la tele. Me preguntan que qué hago y les digo que navegar un poco.

—Ten cuidado no naufragues —apunta mi madre, ya desde el pasillo.

No sabe qué razón tiene, me siento en pleno naufragio. Todo se hunde irremediablemente. Ni he ligado con Yolanda, de eso ya estoy seguro, ni Utopía va a asomar la patita por debajo de la pantalla. Estoy tentado de buscar una conversación con alguno de los que está en el canal, pero me parece como traicionar un poco a Utopía. Ridículo, pero uno no puede controlar sus sentimientos. Las frases, desfilando veloces por la pantalla, me están adormeciendo. Miro el reloj. Pasan quince minutos de la hora a que me conecté el viernes pasado. Hay que esperar un poco más, ya se sabe que cualquier persona que tenga interés en una cita tiene que llegar moderadamente tarde para hacerse desear. *Utopía entra en el canal.* No me lo puedo creer, está ahí, no sé dónde, pero ha acudido a la cita. Me precipito sobre el teclado.

Ego: Bienvenida al canal de la amistad, sírvase usted misma.

Utopía: Anda, vamos al privado.

Ya no hacen falta nombres, ella sabe a quién van dirigidas mis palabras y lo mismo me pasa a mí con las suyas. Entramos al privado y me explica que ha llegado tarde porque tenía que acabar unos ensayos en la organización. ¿La organización? Me suena a secta o algo parecido. Pero no, me aclara que se trata de Payasos sin Fronteras, una organización no gubernamental dedicada a llevar sonrisas allí donde no abundan: hospitales, campos de refugiados, países en conflicto... Qué gran corazón, admiro a esta gente que es capaz de comprometerse con algo que no sea uno mismo. Yo no podría, tengo demasiados problemas.

Utopía: Alguien que tiene demasiados problemas, no se pasa el tiempo muerto en Internet. A ver, ¿cuáles son tus problemas?

Ego: Tengo un hermano gemelo que me agobia con su sola presencia, suspendo casi todas las asignaturas, la gente me ve como un bicho raro y no acabo de acoplarme a este mundo superficial, ¿te parece poco?

Utopía: Con todos mis respetos, tus problemas son

una mierda comparados con los problemas del mundo. Si tu excusa para no hacer nada es ésa, lo siento, pero a mí no me convence.

Ego: ¿No serás una enviada de Payasos sin Fronteras para reclutar gente en la red?

Utopía: No, pero ahora que lo dices, si te gusta escribir, que te gusta, y tienes sentido del humor, que por ahora me has demostrado que lo tienes, podrías escribir una historia para que la representásemos, o algo similar. Tiene que ser en un lenguaje universal, que lo puedan entender al mismo tiempo los niños de España, de Kosovo, de Sierra Leona... Piénsalo, quizá sea una forma mejor de aprovechar tu tiempo.

Ego: Qué manía con el tiempo, todos queréis aprovecharos de él, dejadle tranquilo.

Utopía: ...dijo el pasmarote.

Segunda vez que la palabra pasmarote se cruza en mi camino esta noche. Me voy a terminar mosqueando. Seguimos discutiendo, pero me siento fenomenal, e inexplicablemente, cada vez que discrepo de alguna opinión suya, me noto más cerca de ella. De vez en cuando resuelvo una discusión con un juego de palabras y ahí se molesta realmente, aunque no sé si *realmente* es la palabra apropiada. Quién puede decir con qué intención está escrito, por ejemplo, *como tu propio nombre indica, eres un capullo egoísta*. Quizá esté cabreada, pero sigue conmigo y a las dos frases ha olvidado el mosqueo virtual. Hablamos de todo un poco, respetando que ella no sepa mucho de literatura y que yo no sepa mucho de lo que no sea literatura. Con cada nueva frase nos descubrimos más. Quizá me sienta tan bien porque no estamos cara a cara, porque más que un diálogo es un monólogo de cada uno con derecho a réplica. Sinceramente, no me imagino diciendo las cosas que estoy diciendo a una chica con forma definida, sentada frente a mí con unas hamburguesas de por medio. Aunque nunca lo he probado, sé que me resultaría complicadísimo. No sé si a ella le pasará lo mismo, pero si es capaz de hablarme como ahora a la cara, creo que puede ser una chica muy interesante. Me desmonta cada razonamiento con una facilidad pasmosa. Su lógica y su pragmatismo son casi insultantes, pero yo debo de ser algo masoquista, porque entro al trapo aun sabiendo que tiene el estoque preparado para hundirlo en mis ideas más firmes.

Utopía: Mira, tú estás fuera del mundo por voluntad propia, nadie te ha excluido. Si lo que buscas es compasión, lo siento, pero creo que no la mereces. Te conozco, eres de los que creen que habría que crear una ONG para ocuparse de tus problemas.

Ego: Y yo te conozco a ti. Eres de las que te gustaría pisar constantemente una alfombra roja mientras los que te tiran flores gritan lo buena que eres con todo el mundo. No estarías colaborando si no hubiese nadie a quien contárselo, de quien recibir elogios. Ya lo decía Rousseau: «la caridad fingida del rico no es más que uno de sus muchos lujos».

Utopía: Déjame de vainas. Yo no sabré citas de celebridades, pero aquí tienes dos que leí las Navidades pasadas dentro del envoltorio de unos bombones: «cuando señalas a alguien con un dedo, recuerda que otros tres te están señalando a ti»; y «alcanza más alto el que apunta a la luna que el que dispara a un árbol».

Ego: Por ahí no me pillas, yo vivo en la luna.

Utopía: Tú vives en tu luna, pero yo me refiero a la luna.

Llevamos casi dos horas hablando, que sumadas a la hora del viernes pasado, hacen casi tres horas. Pues bien, estoy en condiciones de decir —parezco un político— que me he enamorado de la chica que se esconde detrás del nombre de Utopía. Ya puede ser ciega o muda o estar en una silla de ruedas o todo a la vez. Es uno de esos amores que traspasa todo. No se lo voy a decir... al menos hoy. Pensaría que estoy zumbado, y aunque lo estoy, prefiero que lo vaya descubriendo poco a poco.

Utopía: Te voy a dar la razón en lo que decías antes. Me gustaría que alguien alabase el mérito que tengo. ¡¡¡Llevo dos horas y pico aguantándote!!!

Cómo cambian las cosas, si tuviese con Miguel el mismo diálogo, con idénticas palabras, acabaríamos a guantazo limpio. Sin embargo, ahora cada ofensa viene envuelta en una sonrisa. Seguimos acercándonos a discusión limpia. Los minutos caen como gotas de lluvia.

Utopía: ¿No sales los viernes?

Ego: Lo de salir me parece un poco de borregos.

Utopía: ¿Me estás llamando borrega?

Ego: Tú no sales los viernes.

Utopía: Porque vengo cansada del instituto y de la organización, pero los sábados no me ven el pelo en casa. Un fin de semana sin salir es como un huevo frito sin yema, ¿no crees?

Le respondo que sí, y me arrepiento nada más apretar el *enter*. ¿Por qué tengo que decir que sí cuando estoy pensando todo lo contrario? Es lo que tiene esto de hablar sin conocerse, resulta demasiado fácil mentir como para no caer en la tentación. Pero yo no quiero empezar así. Quiero hablar a corazón abierto, como creo que está haciendo ella. Aunque, por otro lado, quién me dice a mí que no se está escondiendo también tras una máscara. Puede que todo sea inventado, porque ya es casualidad que con la primera persona con la que doy en la red sea una chica y tenga mi edad. Quizá sea una madre aburrida tonteando, jugando a ser la niña que dejó atrás al doblar una esquina, pero no, no puede ser, me niego a que sea. Es todo muy natural como para que sea mentira. La conversación deriva hacia las dificultades de crecer, de adquirir consciencia de que tras la realidad mágica de la infancia se esconden cosas turbias que es preciso conocer y encarar. Leyendo sus palabras en la pantalla, pienso que no todo está perdido, que al menos hay una persona de mi edad que, aunque no busca respuestas en los libros, sí se hace preguntas. Me inspira tanta confianza que me lanzo a contarle tonterías que no me atrevería a contárselas a nadie.

Ego: ¿Sabes cuándo empecé a pensar que abandonaba la infancia? Cuando descubrí que el quiosquero de mi barrio tenía piernas. Te puede parecer una chorrada, pero de pequeño para mí el quiosquero era unos brazos y una cabeza asomando por un hueco entre periódicos y revistas, nada más. No sé si me entiendes.

Ahora Utopía debe de estar en su casa pensando que quién es el loco con el que está hablando.

Utopía: No del todo, pero intuyo por dónde vas.

Con eso me conformo, con que intuya por dónde voy y con intuir por dónde va ella. No es posible entender a nadie al cien por cien, ni siquiera a uno mismo. He mirado durante todo el tiempo varias veces el reloj, pero sin hacerle caso. Ahora, después de hacer un pequeño esfuerzo por abstraerme de la conversación, interpreto la posición de las agujas y no puedo creer lo que veo. ¡Son las dos y diez! Efectivamente, el minutero cubre a la aguja de las horas en las cercanías del dos. Miro el reloj del ordenador, en la esquina inferior derecha de la pantalla. Lo mismo traducido en números.

Ego: ¿Has visto qué hora es?

Utopía: ¡Ostras! Pensaba que llevábamos un buen rato, pero no tanto.

Ego: Dicen que eso es buena señal.

Utopía: Sí, pero va a haber que dejarlo por hoy.

¡Por hoy! Qué dos palabras más maravillosas.

Ego: Entonces mismo sitio, mismo día, misma hora.

Utopía: Aquí estaré.

Ego: Un beso.

Huy, lo he escrito como de broma, pero no me he podido contener en pulsar el *enter*.

Utopía: Ahí va otro mío, recógelo de la pantalla.

Como un imbécil, acerco la mano a la pantalla, cierro el puño y me lo llevo a la boca mientras cierro los ojos. Aunque pueda parecer imposible, siento sus labios en la comisura de los míos. Vuelvo a abrir los ojos y me encuentro con el mensaje de que Utopía ha salido del canal. Desconecto y me quedo mirando la pantalla. El papel tapiz es verde y hay varios iconos desperdigados. Destierro definitivamente la idea de que esta conversación haya sido una gran mentira. Todo me parece distinto a cuando, horas antes, entré en la sala. No sé, mirar un simple calendario me parece una experiencia sobrenatural. Permanezco quieto, sentado en el mismo sitio. No tengo intención de moverme de aquí, me quedaría alelado hasta el viernes que viene.

De pronto —no sé cuánto tiempo llevo—, oigo la cerradura de la puerta. Es extraño, alguien está como probando distintas llaves. Salgo con un sobresalto de mi estado catatónico, y no sé si llamar a la policía o coger algo duro con lo que golpear al ladrón. Ni lo uno ni lo otro: corro hasta la puerta, me asomo por la mirilla y lo que veo hace que el mundo entero a mi alrededor dé un vuelco. Estampo mis pestañas contra la lente: no hay duda, tengo que estar soñando, me he debido de quedar dormido frente al ordenador. Me pego un tortazo, nada, la imagen de Yolanda Martínez, deformada por la mirilla, no desaparece. Esas mechas rubias. Cuando abro la puerta, ambos vemos reflejados en el otro la incomprensión más absoluta. Finalmente, ella reacciona señalándome con la cabeza hacia un lado. Me asomo. Miguel está apoyado contra la puerta del ascensor, con los ojos cerrados y la cabeza caída hacia el pecho por su propio peso. Tras recuperarme de la impresión, lo que me rodea vuelve a colocarse del derecho, y empiezo a entender todo de golpe. A quien creyó saludar el otro día desde el coche fue a Miguel, y esta tarde, mientras yo tenía un diálogo con su imagen en la pantalla, mi hermano debía de estar disfrutando de su presencia, o dirigiéndose a hacerlo.

—¿Sois gemelos?

Asiento con la cabeza, sin poder articular palabra. No he podido evitar un estremecimiento al oír su voz, su tantas veces oída y soñada voz, que al natural explota de dulzura. Si no estuviese aún sintiendo el beso de Utopía en mis labios, juro que habría matado a Miguel.

—Apenas me ha hablado de ti.

—Es normal —me arranco al final—. Llevamos diecisiete años en un proceso degenerativo. Ya casi estamos consiguiendo vivir como si el otro no existiera. Qué más da. Yo a ti te conozco, tú eres Yolanda Martínez —ella sonríe tímidamente—. No me pierdo uno solo de tus programas. La verdad es que...

—Oye —me interrumpe, y vuelve a señalar a Miguel. Siempre molestando, incluso dormido—, estoy encantada de conocerte, pero va a ser mejor que le metas en la cama.

Me da las llaves de mi hermano, con las que estaba

intentando abrir. Yo salgo al pasillo y cargo con él. Antes de entrar, la miro de nuevo. Ella también nos está mirando alternativamente a Miguel y a mí.

—No conozco muchas parejas de gemelos, pero ninguna es tan distinta como parecéis ser vosotros.

No sé qué decir. Me encojo de un hombro, ya que Miguel descansa sobre el otro. En estas situaciones se impone una despedida a la altura de alguien como yo, pero no logro dar con esa frase que Yolanda recordaría siempre. Me dice que hasta otra y yo levanto la mano libre como despedida. La admiro demasiado como para no estar cohibido con su presencia. Ella llama al ascensor.

—Si esperas un momento, le acuesto y te acompaño. ¿Qué vas, a coger un taxi? Te lo tendríamos que pagar.

—No, esperaré al siguiente búho. Vivo cuatro paradas más arriba.

—¡Ah, sí! ¿Tan cerca? Venga, te acompaño hasta que llegue el autobús.

Pero el que llega es el ascensor, y Yolanda me dice que me ocupe de mi hermano, que lo necesita más. La puerta del ascensor se cierra y la polea se pone en marcha. ¿Y si dejase a Miguel durmiendo en el descansillo, sin llaves, para que o le viese algún vecino o tuviese que llamar para entrar, y que mis padres le encontrasen en tan deplorable estado? Estoy dispuesto a hacerlo, pero algo me lo impide. ¿Qué iba a pensar de mí Yolanda si, después de traerle a casa y pedirme que lo acueste, le dejo aquí tirado? Tienes suerte, pienso después de cerrar la puerta de casa y meterle las llaves en el bolsillo del pantalón. De vez en cuando, Miguel parece empezar a reaccionar, luego murmura algo imposible de comprender, y vuelve a caer como un saco de cemento. Le llevo hasta su cuarto y le dejo sentado, por decir algo, en la silla de su escritorio mientras abro la cama. Lo único que hago antes de tumbarle es quitarle los zapatos. Me niego a quitarle la ropa, duerme incómodo, atragántate con tu propio y apestoso olor, paga.

—Ahora que no me oyes —comienzo a hablar en alto, mirándole con tanta pena como admiración—, voy a decirte algunas cosas sinceras. Te lo digo ahora porque sé que me vas a hacer el mismo caso que si estuvieses despierto. Todos somos iguales ante la ley, algo muy discutible que suelen decir precisamente los que no son iguales ante la ley para que el resto nos lo creamos; todos tenemos igualdad de oportunidades, no hay discriminación de ningún tipo, qué bonito es todo, sólo falta una musiquilla de fondo. Si todos somos tan iguales, si tú y yo somos gemelos, qué es lo que pasa aquí. No hace falta que pienses sobre ello, te podrías trastornar, yo te daré la solución: no todos somos iguales ante la suerte. Tú, por ejemplo, que no has hecho ni un mérito más que yo en esta vida, te encuentras con todo de cara. Eres de los que cuando va a cruzar una calle se le pone el semáforo en verde, de los que se encuentran con las puertas del vagón abiertas nada más llegar al andén. De los que se pilla un pedo de morirse y viene nada más y nada menos que una diosa a recogerle. Envidio tus oportunidades, pero no tu forma de aprovecharlas.

Doy media vuelta y me dirijo hacia mi cuarto. Oigo un ronquido como de ahogo y Miguel se revuelve en la cama, sin abrir los ojos, respira un par de veces con fuerza y vuelve a su inmovilidad. Ya en el pasillo, recuerdo que he dejado el ordenador encendido y voy a la sala de estar a apagarlo. Encarado con la pantalla, pienso de nuevo en Utopía, y todo lo que me ha pasado ahora mismo con Yolanda, con Miguel, parece tener menos importancia. *Inicio. Apagar el sistema... Apagar el equipo.* Le lanzo un beso a la pantalla mientras desaparecen los iconos y el color verde. Me siento un poco como si acabase de dejar de hablar con Utopía. Ya en mi cuarto, me meto en la cama con los *walkman*. Suelo escuchar un programa de esos nocturnos: canciones dedicadas con sólo echar una moneda en forma de carta, llamada o correo electrónico, citas literarias, poesías, traducción de bellas letras de canciones... Me doy cuenta de lo emocionado que estoy al descubrir que cada canción, cada poesía, cada cita que trata el tema del amor —en sus múltiples variantes—, la asumo como mía. Están hablando de mí. Noto que mis ojos, ya húmedos, finalmente se desbordan con una sola frase, con un aparentemente simple encadenamiento de palabras: «si no vuelves convénceme de que nunca has estado, de que nunca te he amado». Las palabras son la mejor invención del hombre. Suena una canción que hace días habría aborrecido y ahora pienso que de esta semana no pasa sin que me compre el compacto. Cierro los ojos y empiezo a sentir la relajación de sentidos que precede al sueño. Termina lentamente la canción y oigo, no sé si desde la radio o desde mi cabeza, la voz femenina que suele leer las citas: «suerte es el mérito de los demás».

4
AMORES EN ÓRBITA

Miguel

¡DING, dong! ¡Ding, dong! El timbre de mi casa me despierta, pero no muevo un músculo más que los necesarios para abrir los ojos. La cama tiembla, o soy yo. ¿Cuándo inventarán bebidas que no dejen resaca? ¿No está tan avanzada la ciencia? Unos pasos salen del cuarto de mi hermano, lógicamente será mi hermano. ¡Ding, dong! ¿Pero quién llama con tanta insistencia? Merecería ser colgado. Mi hermano abre la puerta.

—No hace falta que molestes a tu madre, Eduguel, ¿o eres Miardo? —oigo decir a Rogelio.

—Soy Eduardo, y no puedo molestar a mi madre, porque se ha ido con mi padre a tomar un aperitivo.

La voz de mi hermano suena dura, demasiado para estar hablando con Rogelio.

—Vale, vale, no te pongas así, seguro que esto te alegra un poco. ¡Tachán! Los compré ayer pensando en vosotros, son exactamente iguales.

¡Regalos! Me levanto de la cama y la habitación empieza a dar vueltas. En una de las pasadas de la puerta, me engancho al marco y consigo salir.

—Pero no sé si... —Eduardo es tan inútil que va a ser capaz de rechazarlo.

Avanzo por el pasillo, atravieso el salón y llego al recibidor, donde están los dos frente a frente. Mi hermano tiene un paquete en la mano y Rogelio otro, el mío. Al verme, le dice a Eduardo que ahí viene su cuerpo astral de un viaje que ha debido de ser desastroso. Luego me dice que si he soñado que me daban una paliza. ¿Tan mala cara tengo?

—Anda, anímate, que aquí te traigo un regalito —alarga la mano y descubro por la caja lo que hay en su interior. Es un *discman*, y de los mejorcitos. Le ha debido de costar unas buenas pelas—. ¡Y lleva las pilas puestas! —recalca él, como si fuese lo más importante.

—Muchísimas gracias, Rogelio. Eres un tío cojonudo.

Mi hermano no sabe muy bien qué hacer, pero Rogelio está pletórico. Le han sentado mejor mis palabras que a mí su regalo.

—Gracias —concede al final mi hermano, mientras abre la caja.

Les digo que esperen un segundo y corro hasta mi cuarto a por un compacto. Enchufo los cascos, de tapón, pulso el botón para ponerlo en marcha y le dejo un casco a Rogelio. Empieza a sonar una música de feria que poco a poco se va transformando en unos acordes de guitarra acompañados por una batería. *Laaa, ra, laaa, ra, laaa, ra.* Rogelio mueve la cabeza como si la conociese. Seguro que no la ha oído en su vida. Luego surge la voz de Robe y los instrumentos pasan a un segundo plano: *me contó la mañana que estaba loco por ti, que mi vida ya no me importaba, mediodía me tranquilizó y me dijo que ya te vería, me sacó un poco de mi locura, me apegó un rato más a la vida, todos me dicen.* Me hace reír Rogelio, intentando cantar una letra que no se sabe. Las siguientes frases (*la tarde no me dijo nada, ni siquiera me miró a la cara, la noche me meció, susurrando me dijo, todos me dicen, pero yo sigo sin estar a tu lado*) en boca de Rogelio es algo así como: «mmrdenommmmada, mmsiquierammmara, mmmochemmeció, mmmurrandommdijo, mcen, mmmigommtaratuladooo». Miro de reojo a Eduardo, no quiere concederme el lujo de coincidir en algo conmigo, pero se le nota que se está aguantando la risa. Rogelio ya se ha puesto a dar gritos y a saltar, con tanta fuerza que pierde el casco. Cuando pensamos que va a parar a volverse a colocar el casco, resulta que se pone a brincar y a berrear con más ímpetu todavía. ¿Qué música estará escuchando? De repente, la representación llega a un punto en que la gracia se transforma en lástima, y la sonrisa se me descuelga de la boca. Miro a Eduardo, también está serio. Ya sólo ríe Rogelio, bailando en el pico más alto de su mundo. Mi hermano le da un toque en la espalda y parece volver de un sitio lejanísimo.

—Te agradecemos de verdad el regalo, y pasaríamos un rato contigo, pero es que tenemos que ponernos a estudiar. Los exámenes empiezan dentro de un mes.

¿A estudiar? ¿Pero éste qué se ha tomado para desayunar?

—Si tenéis que estudiar, me voy ya mismo. Los estudios son lo más importante. Ya sé que esto suena a charla paternalista asquerosa, pero tened esto muy presente: uno nunca se da cuenta de las cosas más importantes mientras las está viviendo. Tiene que ser después, o a veces nunca. Los estudios son lo primero.

Lo primero empezando por la cola, pienso, pero le digo que tiene toda la razón.

—Bueno pareja, pues encantado de que estéis encantados con el regalo, yo me evaporo.

Cerramos la puerta y nos quedamos mirando unos segundos. No sé si será por la resaca, pero no puedo aguantar su expresión. Es como si estuviese un escalón por encima de mí, o una escalera completa.

—Ayer bien, ¿no? —me dice con palabras pegajosas de desprecio.

Mientras tanto, yo miro el tirador del armario de la entrada. ¿Qué querrá decir éste con «ayer bien»? Se imaginará que ayer me tajé y lo habrá dicho por decir. Aunque, conociendo las movidas mentales de mi hermano, me parece una explicación demasiado simple. Algo desconocido amenaza detrás de esa sonrisa que esconde no uno, sino diez ases en la manga.

—¿Ayer? Fenomenal —le respondo, ahora sí, mirándole a los ojos para tratar de intimidarle.

Su seguridad se tambalea, un ligerísimo temblor de labios le denuncia, pero no llega a derrumbarse.

—Ya lo vi, ya.

Ya lo vio, ya. Ahora soy yo el que empiezo a temblar, aunque por dentro, para que no lo note. Ha sido todo tan rápido: levantarme, Rogelio, mi hermano, que no me ha dado tiempo a hacer la recomposición de la noche anterior. Vamos a ver, lo último que recuerdo es un dulce terremoto del que unas manos suaves me salvan elevándome por los aires. Después todo es negro. Llevo ya unos cuantos fines de semana que no recuerdo las cosas, debe de ser preocupante, pero a mí me da igual. Ahora intento arrancar claridades a la oscuridad de mi memoria. Puedo notar el tiempo parado entre los ojos de Eduardo y los míos, mientras me vienen *flashes* sueltos de ayer por la noche, imágenes, palabras mías y de Yolanda, gestos, sensaciones. El inexplicable dibujo de su jersey que representaba el amor; que sí, que aunque tenga dieciocho años hago entrevistas en un programa de libros; sus manos, suaves para acariciar y firmes para apartarme el vaso de calimocho; mueca de contrariedad con fondo de luces de colores, me encantan las tías porque no pueden evitar ser Santa Teresa de Jesús; retumbo en el pecho de música subida de bajos; párpados pesados; lengua lenta; sigue tú, que llego bien a casa; no llegarías ni a salir del búho... ¡¡¡¡¡Aaaaaaaahhhhhhhhh!!!!!

Mi hermano ha aparecido de repente entre el revuelto de ayer, en mi cuarto, ¡abriendo mi cama!

—¿Y tú qué hacías despierto tan tarde?

—¿Tan tarde? Acaso sabes qué hora era.

Las cosas se ponen peor. Ahora, entre la deliciosa sensación de las manos de Yolanda jugueteando con mi pelo, se ha colado la imagen de mi hermano hablando con ella en la puerta de casa y yo mirándolos con los ojos cerrados, si es que esto es posible. Todo empieza a confabularse contra mí de una forma sencilla pero contundente. El otro día oí en clase de filosofía lo que eran los soliloquios, o los analogismos, o los silogismos, o algo así, no me acuerdo. Los españoles son juerguistas; Pepe es español; entonces Pepe es juerguista. Yo voy a formular una cosa parecida pero un poco más larga: Yolanda está en un programa de libros; mi hermano y yo somos físicamente iguales; a mi hermano le gustan los libros; yo gusto físicamente a Yolanda, entonces... No quiero ni pensarlo. Ahora es cuando mi hermano me pide su teléfono y yo me muero.

—Me voy a dar una vuelta —dice.

—¿Qué, a echar un cigarrillo? —es lo único que se me ocurre preguntar.

Eduardo se ríe y sale de casa. Dudo entre ducharme o desayunar, y me voy a decidirlo a la cama con el *discman*: *so payaso, me tiemblan los pies, a su lado, me dice que estoy descolorío, empiezo a pensar, a ver qué me dice después*. A pesar de la caña, empiezo a adormecerme, y cuando llego al último estado que precede al sueño, una idea genial me despierta. Pese a que estoy la mar de a gusto, sé que ya no podré dormirme hasta que no vea realizado lo que ordena mi cabeza. Llego a la sala de estar y enciendo el ordenador. Pincho dos veces sobre el icono de *Mis·documentos* y se abre una ventana con cuatro carpetitas amarillas con el nombre de cada uno de los miembros de mi familia. Abro la de

Eduardo. Otra ventana y varios archivos: *historias del metro, historias de la calle, historias del autobús*. Cotilleo un poco. El que más cuentos tiene es el del metro, quince, y el que menos el del autobús, tres. Antes de cada cuento, viene explicada la situación real que lo motivó. Una chica sentada enfrente, que está oyendo algo en los cascos que le hace reír y de pronto rompe a llorar; un ciego que entra al vagón con el perro lazarillo y unos chavales desalmados empiezan a decir que no se pueden llevar animales en el metro; una señora que se queda dormida con el traqueteo del metro y habla en sueños... Cosas de este estilo. No tengo mucho tiempo, Eduardo puede volver en cualquier momento, así que interrumpo la lectura y mando imprimir el documento. En total tiene ochenta y tantas páginas, va a tardar un rato. Si entra Eduardo, tendré que interrumpir la impresión y esconder las hojas que hayan salido. A medida que salen, voy leyendo de cada hoja lo que puedo hasta que sale la siguiente, más que nada para tener una idea general de los cuentos. Quedan cinco hojas por salir cuando oigo abrirse la puerta de casa. Estoy a punto de apagar la impresora, ya tengo el dedo sobre el botón, cuando escucho a mi madre decir que ya empieza el calor y a mi padre responder que parece que sí. No obstante, oculto el taco de folios que ya han salido, por si miran algo. Pero no, me saludan desde la puerta y se van a su cuarto a ponerse cómodos. Cuando acaba de imprimir los quince cuentos, los meto en una carpeta y me los llevo a mi cuarto. Primera parte del plan concluida, ahora toca la segunda, para la cual voy al salón, descuelgo el teléfono, desdoblo el papelito de Yolanda y marco su teléfono.

—¿Quién es? —lo debe de haber cogido su padre o algún hermano mayor.

—¿Está Yolanda?

—¿De parte de quién?

—Soy Miguel.

—Un segundo —se oye cómo deja el teléfono sobre una repisa, y de fondo Yoliiiiii... teléfono... Miguel.

—¿Miguel? —ésta sí que es ella.

—¿Qué tal, Yolanda?

—Aquí estoy —qué voz tiene, la estaría escuchando horas y horas sin descanso.

—Háblame.

—¿Qué dices?

—Que me encanta tu voz. Cuéntame lo que sea, ¿qué estabas haciendo?

—Estaba leyendo.

—Háblame más —le insisto—, cuéntame de qué trata el libro.

—Va de un amor de verano tan inmenso como imposible.

—Real como la vida misma. ¿Quedamos?

—¿Para hacer qué?

—Pues para qué va ser, tía. Mambo, caña, descontrol...

—Acabo de decir a mi pandilla que no me apetecía salir en ese plan, preferiría hacer otra cosa.

—¿Otra cosa?

—No sé, ir al cine o a jugar a los bolos o simplemente dar un paseo por el centro o...

—A mí no me apetece nada de eso. Vamos a salir de marchuqui, andaaa, vengaaa... —espero unos instantes, no dice que no y doy por hecho que sí—. ¡Ah! Y llévate un bolso amplio porque tengo quince sorpresas para ti. Es una parte de mi vida que aún desconoces.

—¿Qué son?

—Lo sabrás a las ocho en punto, en la salida del metro de Moncloa.

Al final accede a mis peticiones, no sin protestar y sin tratar de sonsacarme lo de las quince sorpresas. Nada más colgar, llega Eduardo y va directamente a la cocina, donde están mis padres, preparando la comida.

—Mamá —le oigo decir—, ¿te ha dicho Miguel que ha venido Rogelio?

Mi madre responde que no, y yo me acerco a la cocina. Eduardo le explica a grandes rasgos la visita mientras mi madre niega con la cabeza.

—¿Qué habéis aceptado el regalo? Ya estáis devolviéndoselo. Escuchad, creo que ya sabéis la enfermedad de Rogelio. Tiene rachas en que se ve como un ser despreciable y desafortunado y otras en que se cree el rey del mundo. Y, aunque os parezca extraño, no se sabe cuál es la peor de ambas. En una de las últimas compró cientos de tarjetas para las cabinas telefónicas y se dedicó a regalárselas a la gente que se encontraba por la calle para que, según me contó, hablasen más con sus seres queridos. No controla, y vosotros le ayudáis más bien poco siguiéndole el juego.

Eduardo hace un gesto como de darse por enterado y no dice nada, pero yo tengo ganas de saber más. Quiero saber de dónde viene su mal, qué le ha sucedido y qué hay que hacer para no llegar hasta ese punto. Mi madre nunca nos habla de los pacientes que trata, suele decir que la consulta es como un confesonario, pero hoy se ha arrancado un poquito y creo que es el día apropiado para sacarle más. Quizá Eduardo ya haya imaginado la historia de Rogelio y por eso no muestra aparente interés, pero a mí me gustaría saber la verdad.

—No os lo debería contar, pero creo que puede ser útil para vosotros. La gente que no entiende de psicología siempre cree que los trastornos vienen por traumas de la infancia, o cosas por el estilo. Pero la mente es mucho más complicada —mi madre empieza a gesticular con las manos, como si estuviese dando una conferencia—. Si fuese como lo cuentan las películas, esto sería una ciencia exacta, y no lo es. A ver, ¿qué pensáis de Rogelio?, ¿cómo os imagináis su vida?, ¿qué creéis que puede haberle llevado a esta situación?

—El tener un nombre tan feo —responde Eduardo, y yo aguanto las ganas de reír.

—Yo creo que ha debido de ser muy desgraciado en su vida, sus padres le pegarían, los chicos se reían de él, le habrá abandonado la única mujer a la que pudo conquistar...

—Vale, vale —me detiene mi madre—. Menudo dramón le acabas de montar al pobre Rogelio. Pues veréis, el origen de la enfermedad de Rogelio es desconocido. Su vida es absolutamente normal, sus padres le querían, tenía muchos amigos en el colegio, y estuvo con unas cuantas chicas antes de conocer a su actual mujer, encantadora, con la que ha tenido la parejita. Trabaja en una oficina de correos, le gusta pasear, leer, ver la tele...

—No puede ser —dice Eduardo, ahora serio.

—Ésa es la reacción que esperaba. Sí puede ser, claro que puede ser. No me voy a extender más, ya le he traicionado bastante, sólo quiero que sepáis, y sintáis, que por ahora sois unos afortunados. No maltratéis vuestra cabeza y tendréis más posibilidades de que ella no os maltrate a vosotros.

Deja de hablar y tanto Eduardo como yo nos quedamos embelesados, como esperando más, pero ya nos ha dicho todo lo que tenía que decirnos. Mi padre anuncia que la comida está esperando en la mesa. No se habla una palabra hasta los postres. No sé los demás, pero yo estoy dando vueltas a la última frase. ¿A qué se referirá con maltratar la cabeza?

Eduardo

IRENE... Llevo horas buscando un nombre más bonito, y no lo encuentro. Tiene las letras justas. No es de esos que se te acaban antes de empezar a decirlos ni de los que parece que no van a terminar nunca. Es un nombre que comienza con el ímpetu de la i y la sonoridad de la r, que se va sosegando con la e y la n, para terminar en esa última e que se alarga como una suave pendiente de hierba esponjosa. Irene... Además no tiene esas odiosas connotaciones que tienen algunos nombres para cada persona. Por ejemplo, para mí, Consuelo es nombre de madre, Vanessa de loca con dos coletas, Jenniffer con una sola, Marta de chica creída, Matilde de empollona, y así podría seguir con un montón de nombres y con asociaciones no muy favorables; sin embargo, con el de Irene no se me ocurre nada, y eso me gusta.

Ha pasado una semana y todo parece ir acoplándose mejor, como si los engranajes dejasen poco a poco de chirriar. He estado en contacto con ella cuatro de los cinco últimos días. Hoy es viernes y he entrado en el canal sin ver ni siquiera el programa de los libros. Esta vez ha sido Miguel el que se ha ocupado de programar el vídeo para grabar a Yolanda mientras, imagino, quedaba con ella. La situación resulta... no sé... chocante, como poco. No recuerdo cuánto hace que no veía el programa, pero no me ha importado. He estado un rato haciendo el tonto, escribiendo frases sin sentido hasta que Utopía ha entrado en el canal. La creciente confianza entre nosotros y la inminencia del fin de semana han hecho surgir, después de unas horas de hablar de todo un poco, la conversación que tarde o temprano teníamos que tener. Utopía y yo hemos decidido intercambiar alguna información más, algo más personal que certifique que no llevamos varias semanas simplemente hablando con un ordenador. He sido yo el primero en preguntar su nombre, y ella me ha dicho que lo adivine.

Ego: ¿Pero tú sabes cuántos nombres de mujer hay en el mundo? Me podía tirar años.

Utopía: Te lo estoy diciendo por telepatía. Siente mi nombre.

Ego: Creo que lo siento... Sí... Ya lo tengo... Ya lo tengo... María.

Utopía: Tú lo que tienes es mucho morro. Has dicho María porque es uno de los nombres más comunes y tenías más posibilidades de acertar.

Ego: Tienes razón.

Utopía: Empieza por la I.

Ego: ¿Isabel?

Utopía: No.

Ego: ¿Inmaculada?

Utopía: No, no.

Ego: I... No tengo ni idea.

Utopía: A lo James Bond: mi nombre es ene, Ir... ene. Bueno, ¿y el tuyo? Sé que empieza por la E, y tus apellidos por G y por O, pero sólo lo intentaré con el nombre: ¿Esteban?

Ego: Este banco está ocupado por un padre y un hijo... No.

Utopía: ¿Eduardo?

Ego: ¡¡¡Premio para la señorita!!!! Eduardo González Ortiz.

Nos damos los teléfonos, las direcciones, el instituto en el que estudiamos, descripciones físicas y llega la hora de cortar, de salir del canal y comenzar a recordar todo lo hablado. Pero hoy cuesta más. Nadie se atreve a insinuar una despedida. Seguimos hablando, un poco como si fuésemos recién llegados, porque en parte así es. Irene y Eduardo acaban de entrar en el canal, justo en el instante en que Utopía y Ego han salido.

Utopía: Eduardo, ¿eres en realidad tan narcisista y egocéntrico como te has mostrado estos días?

Ego: Por supuesto, Irene.

Repetimos los nombres en cada frase, como si necesitásemos familiarizarnos con ellos cuanto antes.

Utopía: Ah, Eduardo, creía que ahora, desenmascarado, te ibas a echar atrás.

Yo también lo pensaba, pero claro, no se lo voy a decir, así que a seguir con este personaje mío que empiezo a creerme demasiado.

Ego: ¿Y tú, Irene, eres tan caritativa y bondadosa como te has pintado?

Utopía: Sólo con los realmente necesitados, no con los que fingen serlo para que alguien se preocupe de ellos, así que, Edu, no esperes caridad o bondad de mí.

Ego: Qué bien suena eso, Irene. Pero tranquila, lo que yo espero de ti no se suele conseguir por caridad, aunque haya gente para todo.

Un vértigo extraño me ronda el estómago. No sé muy bien cómo, pero he llegado al punto que quería, o que queríamos. Empiezo a pensar que quizá no habría sido capaz de decirle estas palabras a la cara, pero enseguida dejo esa duda inútil y me concentro en la pregunta que me va a hacer ahora. Es inevitable, no puede ser otra, y cuando aparece en la pantalla ni siquiera me sorprende.

Utopía: ¿Y qué es lo que esperas de mí, Edu?

Eduardo, piensa, piensa, de tu respuesta depende en gran medida el concepto que se haga de ti. Ésta es la frase que sin duda recordará sobre todas las otras que hemos intercambiado hoy. Eduardo, tienes que esmerarte con una de esas frases que dejan al de enfrente desarmado, rendido ante tu...

Utopía: Eduardo, ¿estás ahí?

Ego: Sí, sí, es que estaba pensando una respuesta que te dejase con la boca abierta, de esas que me salen a miles cuando estoy tumbado en la cama, o flotando en una nube en clase, o en el servicio. Pero parece ser que en estos momentos no llego a más que pedirte, simple y llanamente, sin florituras, que quedemos mañana.

Todo se invierte cuando pulso el *enter*, de su respuesta ahora depende mi vida.

Utopía: Yo los sábados quedo con las amigas; podías venirte.

Ego: No sé si recuerdas que soy un poco antisocial, no soy el graciosete que cae bien a todo el mundo, cuando estoy con más de tres personas en un grupo no veo el momento de meter baza... Soy un desastre, pero déjalo, sal con ellas, y ya quedaremos otro día.

Ya no sé muy bien si siento lo que acabo de decir o es la excusa que me he buscado para quedar con ella a solas. Preferiría pensar lo segundo, creo que es una actitud mucho más normal.

Utopía: Déjalo, déjalo... Así luchan los perdedores.

Tiene razón, tiene toda la razón del mundo. Ya se ha dado cuenta de cómo soy. Si no lo arreglo pronto, esto puede acabar de pena.

Ego: Mañana a las siete y media, solos, y no se hable más.

Pienso que he dejado las cosas en su sitio, que soy un tío de los pies al sombrero, duro, imperturbable, capaz de tomar decisiones firmes —algo, esto último, que incomprensiblemente gusta a las chicas, para desgracia de los inseguros—, y cuando me dispongo a añadir una frase de esas de novela negra para despedirme como Dios manda, leo en la pantalla:

Utopía: Muy convincente, sí señor, pero si no se habla más, no sé dónde vamos a quedar mañana a las siete y media, solos.

Se me arruga el traje de Bogart que tan bien parecía quedarme. Pero me tengo que venir arriba, aún se puede salvar esto con dignidad si me doy un poco de prisa.

Ego: En Sol, en el kilómetro cero, arranque de carreteras y destinos.

Éste soy yo. Ole, ole y ole. Ahí le dejo eso. Me responde que una frase así bien merece un encuentro, aunque sea para discutir su significado. Creo que si me hincho un poco más, reviento. Hablamos otro rato de las citas a ciegas en general. Es la primera en ambos casos, y ella me dice que espera que no le pase lo mismo que con su locutor de radio favorito. Estaba enamorada de su voz y convencida de que cuando le viese no podría dejar de gritar, pero grabaron un programa en una discoteca cercana a su casa y ella reclutó amigas para ir. No se lo podía perder. Sin embargo, cuando le vio salir sobre las tablas, dejó de ser ÉL para ser simplemente él. Yo le digo que no la defraudaré, pero no me lo creo ni yo; esta última historia del locutor me ha dejado un poco así. Finalmente, hablamos de cómo reconocernos. Yo le digo que estaré cruzado de brazos justo debajo del reloj de las campanadas de Nochevieja, apoyado en la pared más cercana, y ella me dice que... ¡¡tiene cinco pendientes en una oreja!! Nos despedimos hasta mañana, desconecto el ordenador y me acuesto en mi cama, flotando sobre las palabras de Irene, sobre todas las que recuerdo. Pero el ingrávido descanso apenas dura un minuto, el tiempo que tardan en acudir las dudas. Desde las más simples —qué me pondré de ropa— hasta las más angustiosas —me va a ver y se va a arrepentir al instante de haber quedado conmigo—, pasando por todas las posibles. No hay una sola luz encendida en casa. Me levanto de la cama, abro el cajón de las camisetas y rebusco debajo hasta dar con el paquete de tabaco y el mechero. Extraigo un cigarrillo, y me encamino a la terraza atenazado por los peores presagios. Décimas de segundo antes de hacer el gesto con el brazo para llevármelo a la boca, oigo la voz de mi padre como si hubiese surgido de la misma noche.

—¿No te acuestas?

Doy un salto de récord, y mi corazón se dispara al tiempo que mi puño se aprieta, espachurrando el cigarrillo contra el mechero. Adivino la forma de mi padre, está sentado en una de las sillas de mimbre.

—¡Qué susto me has dado! Venía a tomar un poco el fresco, parece que me cuesta conciliar el sueño.

—A mí también —responde mi padre, y en el tono de sus palabras advierto que algo no funciona.

Sé que mi padre está esperando que le pregunte el motivo de su desvelo, pero es que a mí esas cosas no se me dan muy bien. El silencio se espesa entre nosotros. Nunca he tenido una conversación en serio con él y no sé si estoy capacitado, precisamente hoy, para ello. No obstante, no hace falta, mi padre se arranca.

—Y mira que yo duermo como un lirón —siento una

punzada de reproche por no haberle expresado que en realidad sí me importa lo que le quita el sueño—. Hoy ha llegado a la empresa una notificación de Hacienda. Tenemos una inspección de las gordas. Cuatro años que van a investigar, ni más ni menos —su silueta no se mueve mientras habla, imagino su boca en la oscuridad—. No es que hayamos metido ningún pufo grande, pero como el inspector empiece a pedir cosas de hace tanto tiempo, quién sabe si aparecerán. ¿Y sabes qué es lo peor?

—¿Qué? —respondo yo, con el interés acumulado de antes.

—Que el responsable del papeleo, el que debería saber dónde están las facturas, los avales, las letras, ya sabes quién es.

No sé qué decir, ¿qué se dice en estos momentos? ¿Lo siento?, no, queda demasiado fatalista, es como si ya no tuviese solución. ¿Tranquilo, no es nada? Tampoco, una cosa es darle ánimos y otra quedarme con él. De pronto se me ocurre algo, y antes de dar un veredicto sobre si es o no lo apropiado, se lo digo.

—Mira, papá, tus problemas son una mierda en comparación con los del mundo.

La silueta de mi padre empieza a convulsionarse y acaba retorciéndose en una carcajada sonora, larga y sincera. Se levanta y me da una torta flojita, cargada de cariño.

—No sabía que tuviese un hijo tan cachondo —yo sonrío—, ¿quién te ha metido esas cosas en la cabeza?

—La que me ha quitado el sueño hoy, pero ésa es otra historia... Ahora intentemos dormir un poco. Mañana será otro día. ¿No sabes que pocas dudas aguantan un amanecer?

—Tú y tus libros —me dice, ya camino de nuestros respectivos cuartos.

Cuando vuelvo a la cama, no sin antes tirar por la ventana el cigarrillo espachurrado y devolver el mechero al cajón, me dejo engañar por mi propia mentira —o quizá no lo sea tanto—, y empiezo a imaginar lo que voy a pensar mañana, nada más levantarme. Voy a llegar a la cita, voy a presentar mi mejor lado, no me voy a dejar cohibir por la situación. Ella va a comprobar que el chico con el que ha quedado es en realidad tan original e ingenioso como lo imaginó. Mañana —o mejor dicho, por la hora, hoy— va a ser lo que yo llamo el día de la puesta en órbita. Para elevar un satélite hasta su órbita hace falta una fuerza descomunal, se queman miles y miles de litros de combustible, pero luego se le suelta en su órbita y las fuerzas de la naturaleza hacen el resto, y así puede dar vueltas y vueltas sin parar hasta el día del juicio final. La puesta en órbita consiste en eliminar fricciones, olvidar controladores y cuentas atrás, atravesar la atmósfera y no parar de subir, hasta que todo fluya con la suavidad de unos patines sobre el hielo. Pese a todo, no se puede dejar un satélite completamente a su suerte, hay que evitar las tormentas de meteoritos, arreglar las averías que puedan surgir con el tiempo... Finalmente, me adormezco columpiado por todas las estrellas del universo. Creo que oigo la puerta de casa, mi hermano, qué pronto vuelve, pero yo ya estoy más en el otro mundo que en éste.

[illegible] respectivos cuartos.

Cuando volví a la [illegible] por la [illegible]

[illegible]

5
LA CHICA DEL ANDÉN DE ENFRENTE

Miguel

LLEVO todo el día un poco extraño, ayer me pasó algo demasiado rayante. Cuando quedé con Yolanda, todo empezó de una manera deliciosa. Llegué a Moncloa con los cuentos de Eduardo a la espalda, le di un beso y ella me preguntó por lo que llevaba ahí. Me hice de rogar, traté de que lo averiguara, pero ni con las pistas más evidentes lo logró. Debe de ser que no tengo pinta de escritor. Finalmente se lo di, ella se mostró incrédula, pero yo le expliqué un poco en qué consistía el libro y pareció tragárselo. Cada dos por tres se quedaba mirando los folios y me repetía que no se lo habría imaginado nunca, y que a ver si algún día llegaba a hacerme una entrevista en su programa. Podía notar algo en sus ojos, como un extraño brillo de esperanza: Miguel puede no ser tan simple.

—No quiero ni pensar de qué van a ir los cuentos —me decía, entrecerrando los ojillos de una manera pícara.

Todo funcionaba mejor: me besaba con una pasión que a veces me hacía temblar los labios, me abrazaba más fuerte —¡que nadie me quite esta camisa de fuerza!—, me acariciaba con infinita dulzura, sus dedos, plumas recorriendo mi piel. Todo era asquerosamente bonito, parecíamos los protagonistas de una de esas películas lacrimógenas que no aguanto, y lo peor es que yo lo estaba gozando. Cuando creía que tenía tanta felicidad dentro como para vivir de ella el resto de mi vida, se me metió una idea en la cabeza y acabé medio paranoico. El cambio duró lo que dura un beso. Yo estaba sentado en un barril de cerveza, ella volvió del servicio y se sentó en mis rodillas. Cada uno vació su mirada en los ojos del otro. Ella enredó sus dedos entre los pelos de mi nuca y acercó mi cabeza a la suya. Nuestros labios, nuestras lenguas, se buscaron en medio de esa extraña noche que se crea al cerrar los ojos, y el desastre empezó cuando se encontraron. De repente, me había convertido en mi hermano. Yo seguía siendo yo, pero Yolanda estaba besando a mi hermano. Me aparté bruscamente de ella y corrí al servicio. El suelo estaba lleno de meadas, con su consiguiente olor, y de huellas embarradas; un chaval vomitaba en la taza del váter, pero todas las sensaciones me llegaban como de muy lejos. Con la cabeza agachada, me coloqué frente al espejo, pero no me atrevía a mirarlo porque tenía la absurda impresión de que me iba a devolver la imagen de Eduardo. Definitivamente me estoy volviendo loco, me dije cuando empecé a oír cientos de voces preguntándome ¿y tú quién eres, Eduardo o Miguel?

—¡¡¡Soy Miguel!!! —grité con todas mis fuerzas mientras levantaba la cabeza.

—Vale, vale, Miguel.

Me giré, era el chaval que había estado echándola. Estaba alucinado, y yo me quedé con la mirada perdida en el tropezón que se le había quedado pegado a la barbilla. Le aconsejé que se limpiase la cara y salí decidido a demostrarme quién era. No encontré ninguna forma mejor que pedirme un cubata cargado. Me lo bebí de dos tragos y ni siquiera pestañeé. Sonreí. Eduardo no habría aguantado esto.

—¡Pero tú estás loco! —oí a mi espalda.

Era Yolanda, enfadada, y negaba con la cabeza de una forma que me reconfortó. Efectivamente, volvía a ser Miguel. En el siguiente pafeto la noté incómoda, intranquila, y cuando aún no había bebido ni la mitad del litro de calimocho, se llevó una mano a la cabeza y me dijo que se estaba mareando, que nos fuésemos antes de que se pusiese peor. Al principio incluso me asusté, pero ya de vuelta, en el primer búho de la noche, me dijo que ya se le iba pasando.

—Nos podemos dar la vuelta, estamos a tiempo.

Pareció no sentarle muy bien mi comentario, y preferí no insistir. Nos despedimos y me dijo que me llamaría en cuanto leyese los cuentos. Yo me bajé en mi parada y ella siguió hasta la suya. Quizá debería haberla acompañado, pero me había sentado muy mal perder una noche de juerga por un dolor de cabeza de quita y pon.

Hoy todo está raro, distinto, empezando porque me he despertado pronto y sin resaca. Mis padres, que suelen madrugar incluso los fines de semana, no han salido de su cuarto y se oye desde dentro el murmullo continuado de la voz de mi madre, con un tono como de exposición de hechos y deducción de conclusiones. Y para rematar la faena, mi hermano le dice al aire, para que éste a su vez me lo diga a mí, que hoy tiene una cita. Contengo el impulso de preguntarle que si con Yolanda, pues me respondería que no en cualquier caso. Deben de ser imaginaciones mías, pero no puedo evitarlas. Tengo la sensación de que mi hermano y Yolanda se conocen más que los dos minutos que hablaron la otra noche, en la puerta de casa, cuando ella me trajo. De lo que más me arrepiento es de haberle dado los cuentos. Intentando acercarme a ella, la he acercado a mi hermano, y quizá fue eso lo que ayer me atacó. Lo malo es que ya es demasiado tarde para echarme atrás. Si le dijese que he robado el libro a Eduardo, pensaría que no soy más que un pobre pardillo que quiere, pero no puede, ser como su hermano. El timbre del teléfono corta la angustiosa espiral en que me estaba metiendo, y aunque salgo disparado hacia el salón, Eduardo se me ha adelantado:

—¿Diga?... No, soy Eduardo... Sí, un momento, ahora se pone.

No me dice nada, deja el teléfono sobre la repisa y se marcha, sé perfectamente qué boca aguarda al otro lado de la línea.

—No sabes las ganas que tenía de oírte —le digo para empezar.

—Pues habría sido sencillo: descolgar y marcar mi número.

Huy, huy, huy, qué asunto más feo.

—No te lo creerás, pero he estado todo el día pensando en ti —vamos a ver si esto lo arregla.

—Tú lo has dicho.

—¿Qué he dicho?

—Que no me lo creo.

—¿Quedamos esta tarde?

—¿Para hacer qué?

Carraspeo, necesito aclararme la voz para que la mentira parezca creíble.

—Me apetecería ir al centro comercial del barrio, tomar unas hamburguesas —miro a mi alrededor, Eduardo no esta cerca, pero aun así continúo hablando en voz más baja—, y que me cuentes qué te han parecido mis cuentos. ¿Los has leído ya?

—De un tirón. ¿A qué hora?

—A las siete junto a las taquillas de los multicines.

—Venga, pues a las siete allí.

Despedida y vuelta a empezar con las movidas mentales, pero ahora con más leña en el fuego. Lo de mi hermano ya no es lo que más me preocupa, ni siquiera se han saludado, incluso ella le ha confundido conmigo —qué curioso—, señal de que con quien quería hablar era con el único, con el mejor, con Miguel. Además, mi hermano me ha dicho que tiene una cita, y no creo que Yolanda sea tan complicada como para quedar con los dos a la vez. Sin embargo, hay que reconocer que la conversación con ella ha sido un desastre, se mire por donde se mire. En su tono de voz no ha llegado a asomar la dulzura habitual, y en cambio varias veces ha rozado el cabreo. Me tumbo en mi cuarto, disfrutando del *discman* los días que me quedan hasta que lo devolvamos, y cuando oigo la voz de mi padre llamándonos a Eduardo y a mí para comer, me parece que no han pasado ni diez minutos, aunque el compacto haya dado casi dos vueltas. Y es que sólo he pensado una cosa en todo este tiempo: vaya rollo de plan que me espera esta tarde. Nos sentamos en la mesa y todos están callados durante la comida, demasiado callados. Mi padre no separa sus ojos del plato, Eduardo no puede mirar a un sitio durante más de cinco segundos y mi madre nos mira a los tres alternativamente. Es como si nadie estuviese del todo a gusto. O todos están preocupados por algo o les he transmitido telepáticamente mi inquietud. Termino el segundo plato antes que nadie y me levanto a por la fruta. Quiero desaparecer del salón cuanto antes, estoy muy incómodo, sobre todo por la presencia de mi hermano, que parece gozar de sus nervios de primerizo.

—Me voy a mi cuarto —digo, mientras me levanto de la mesa, y éstas son las primeras palabras que se oyen en la comida.

Mi madre hace amago de decirme algo, pero finalmente se calla. Yo llego a mi cama con la orden innegociable de dormir, dormir y no pensar en nada hasta que llegue la hora de quedar con Yolanda. Pongo el despertador a las seis y cierro los ojos. Para aliviar el agarrotamiento me dedico a hacer un ejercicio que me enseñó mi madre. Pongo en tensión máxima todos los músculos que puedo, y cuando veo que ya no puedo más, aguanto quince segundos. Al relajar finalmente los músculos, me siento flotar sobre el colchón. En este estado no es difícil dejar de pensar...

Pi, pi, pi, piii, pi, pi, pi, piii. Son las seis. Justo lo que quería, despertarme y no recordar ni siquiera lo que he soñado, por lo angustioso que pudiera ser. Tengo cuarenta minutos para arreglarme y veinte de camino hasta el centro comercial. Me dirijo al cuarto de baño para llevar a cabo el acostumbrado ritual, pero descubro que está ocupado por Eduardo. Se me había olvidado por completo lo de su cita, y me fastidia esperarle. No sé el tiempo que llevará ahí dentro ni lo que tardará, como nunca le he visto arreglarse más que para la primera comunión de alguno de nuestros primos... Cuando sale, no puedo hacer otra cosa que mirarle. Aparece repeinado, gomina incluida, impecablemente vestido y con una sonrisa distinta. Hoy nos podrían confundir hasta nuestros padres. Este mamonazo va a triunfar, se le ve. Me cede el cuarto de baño y yo me arreglo mirándome lo menos posible en el espejo, que lleva unos días sin ser mi aliado. Tardo más de lo habitual en prepararme y cuando miro el reloj son ya menos cuarto. Encima voy a tener que ir a paso ligero. No obstante, espero un poco más porque mi hermano acaba de salir por la puerta y no quiero tener que bajar con él en el ascensor. A los veinte segundos, más o menos, salgo yo. Llaves, abono, pelas. Me despido de mis padres y sonrío cuando me dicen que llegue pronto. Hoy voy a llegar incluso antes que mi hermano. Ya en la acera, aprieto el paso con la vista fija en el punto de fuga de la calle —si me oyese mi profesor de dibujo...—: el centro comercial. Parece que no está muy lejos porque está en línea recta, y lo ves desde que sales de casa, pero luego te pones a andar y a andar y no te acercas. Y para rematar, la gente no te deja caminar derecho, tienes que esquivar peatones de un lado a otro, como si estuvieses en un juego aburrido de ordenador. Pero ¿qué hace tanta gente por la calle? Yo creo que todo Madrid ha decidido venir a mi calle, si no, no se entiende esto.

Una multitud, de la que yo formo parte, espera al muñequito verde del último semáforo que hay antes del centro comercial. Tengo dos hombros haciéndome un bocadillo, una coronilla pegada a mi nariz y un aliento calentándome la nuca. He tenido momentos mejores, para qué negarlo. ¡Qué asfixia! Y luego dicen de los baretos. Cruzo la calle pisando y siendo pisado. En la explanada previa a la entrada, el grupo se expande, toma aire, momento que aprovecho para acelerar el paso y subir corriendo las escaleras. Tomo un ascensor acristalado que sube lento como un demonio, y voy viendo la planta de arriba. Ahí está Yolanda, junto a las taquillas, bajo el cartel de una película que habrá que ir a ver aunque sólo sea por la protagonista. Ella no me ve. Además de un minúsculo bolso de ante, lleva una carpeta azul cuyo contenido adivino sin necesidad de rayos láser ni poderes especiales. Yolanda juguetea con la goma de la carpeta, enrollándosela en un dedo. El ascensor se detiene y salgo. Hasta que no me encuentro a tres pasos de ella, no repara en mí. Intercambiamos un breve pico, y le señalo la hamburguesería que hay justo enfrente. Ella asiente.

—Bueno —le digo, ya en la cola para pedir, señalando la carpeta—, ¿qué te han parecido los cuentos?

—Sencillamente geniales. ¿Cómo puedes haber sacado tanto de detalles tan pequeños presenciados en el metro? Todos los relatos son alucinantes, pero hay uno en el que demuestras una maestría y una sensibilidad de la que no te creía capaz —yo hago un gesto para que baje la voz, como nos esté oyendo alguien que me conozca, me muero—. ¿A ti cuál es el que más te gusta? A ver si coincidimos.

Ya la hemos liado, ahora mismo no me acuerdo de ninguno de los cuentos.

—¿Qué vas a tomar? —le digo, estamos a dos grupos de llegar a la caja, y es la mejor salida que encuentro.

Me dice lo que quiere tan rápido que vuelvo a encontrarme en la misma situación, pero con una salida menos.

—Verás, para mí es muy difícil contestarte a esa pregunta. Me gustan todos por igual.

—Pues a mí, con diferencia, el que más me gusta es el que se llama *La duración de quince segundos*... —se detiene, esperando mi reacción.

—Sí, la verdad es que estaba muy inspirado cuando lo escribí, es cierto. Vamos a sentarnos.

Decidimos salir a la terraza. Hace un viento agradable que descongestiona el ambiente. Llenamos de *ketchup* las hamburguesas y las patatas fritas, y yo hago la broma de ir a echarlo también al refresco, pero Yolanda no me hace ni caso. Pone su mano derecha sobre la carpeta como si fuese una Biblia sobre la que estuviese jurando decir la verdad, toda la verdad y nada más que la verdad.

—Es que es alucinante, Miguel, ¿no te das cuenta? —yo me quito importancia como si fuese polvo en la camiseta—. Si has sido capaz de escribir esto a los diecisiete años, no sé lo que harás a los treinta.

Pero ¿dónde me he metido? No sólo me cuesta mantener la mentira en pie, sino que cada piropo de ella me duele porque sé que va dirigido a mi hermano, que ya estará en plena cita.

—Yo tampoco sé lo que haré a los treinta, ni siquiera a los veinte. Y en el fondo me da igual, lo que tenga que ser, será —le digo, y creo que es la primera verdad de la tarde, pero la situación me obliga a retomar el engaño—. Ahora mismo, lo único que me importa es que te hayas dado cuenta de que dentro de mí hay algo que late y que no para de decirme que está encantado de haberte conocido —a medida que avanzo, me siento mejor; tal y como voy de lanzado, sé que podría estar una hora seguida hablando, aunque no vaya a ser el caso—. Yo tengo mis sentimientos, aunque los esconda. Por eso me gustan los libros y las películas en las que salen a relucir, como en *Casablanca* o en... estooo... bueno, los clásicos en general... qué te voy a decir yo... *Dos tontos muy tontos*, por ejemplo.

Cuando descubro que ya lleva comida más de la mitad de la hamburguesa, y que la mía sólo tiene un bocado, decido callarme, y mi silencio se une al suyo, creando un muro como de mal rollo. Algo ha pasado, algo he dicho, algo sabe, y yo no me he dado cuenta de nada. Su gesto ha cambiado. Apenas un minuto antes se desvivía por ese cuento de los quince segundos, y ahora no presta atención ni a la carpeta ni al trozo de hamburguesa que le queda. Sólo me mira a mí. A ver si la animo con lo que me contó el vecino del cuarto.

—¿Sabes por qué normalmente en las hamburgueserías me como casi dos hamburguesas al precio de una? —ella se encoge de hombros, en una actitud que está a medio camino entre el no sé y el no me importa—. Tengo un vecino que curra en una de éstas. Y me ha contado que si alguien viene con un pelo en la mano, y le dice que se lo ha encontrado dentro de la hamburguesa, tiene órdenes de darle otra. Ya nos puedes imaginar a los colegas y a mí, comiéndonos parte de una hamburguesa, arrancándonos un pelo, y yendo a la caja. Al primero se lo dan, al segundo normalmente también, pero empiezan a fijarse en el grupo, y cuando llega el tercero, misteriosamente, aparecen los de seguridad y, o bien nos echan, o nos invitan a salir.

Yolanda ha aprovechado mi segunda parrafada larga

para acabar con su hamburguesa. Da un trago largo a su refresco y, cuando comienza a hablar, tengo la impresión de que no ha escuchado nada de lo que le he dicho.

—Mira, Miguel, yo puedo ser un poco reservada, y a veces ceder más de la cuenta, pero una cosa es dejarte llevar un poquito y otra dejarte atropellar. Vamos a empezar por lo que menos importancia tiene. No hace falta que sigas fingiendo —me concede unos segundos para ver si reacciono, y yo me quedo mirándola esperando el desenlace de la frase que ha dejado colgada—, he entrevistado a unos cuantos escritores. Unos pueden ser más simpáticos, otros más sosos, pero lo que siempre hay tras sus palabras es algo de lo que tú careces —qué tía más lista, se ha dado cuenta—. No lo sabría explicar exactamente: emoción, verdad, amor a las palabras y a la belleza... —si ahora digo que a mí me gustan las tías buenas, me tira el refresco a la cara, o la mesa entera—. Sea lo que sea, tú no lo tienes. Imagino que esto lo habrá escrito tu hermano. Felicítale de mi parte.

Me siento dentro de la caja de un mago que fuese a empezar a clavar espadas sin haber preparado el truco. Me atraviesan todas, y eso que ha dicho que empezaba con lo que menos importancia tenía. No quiero ni pensar lo que me va a decir en cuanto devuelva el vaso a la mesa.

—Esta tarde, cuando te he llamado, esperaba que me dijeses que querías salir de juerga para aprovechar la oportunidad y decirte que estoy harta de tener que llevarte a rastras a tu casa, de que para ti vivir la vida no sea más que no recordarla. Quiero que seas tú el que me acompañe a casa, quiero salir por ahí sin estar pensando constantemente cuánto te falta para el coma etílico, quiero ir al cine, quiero ir a patinar, quiero jugar a los bolos, quiero ir de excursión y que nos perdamos en el bosque. Soy joven, tengo mil horizontes frente a mí y tú no me puedes llevar a ninguno. Mis amigos dicen que soy un poco vieja para la edad que tengo, quizá tengan razón, pero si no ser vieja equivale a ser como tú, prefiero quedarme donde estoy. Pensaba decírtelo por teléfono, pero he preferido hablarte a la cara, aunque sea más difícil.

—Muchas gracias —le digo, desde la oscuridad de la caja.

—El tema es sencillo; duro, pero sencillo. No soy quién para cambiar a nadie, y Dios me libre de intentarlo. Si tú eres un borracho, y parece que disfrutas siéndolo, lo acepto, pero yo no voy a estar a tu lado. Eso tenlo más que claro. Así que, como veo que tus prioridades son tus prioridades, hasta hoy ha llegado nuestra relación. Sólo quiero que sepas que te recordaré con una sonrisa.

—Muchas gracias —repite mi moribundo hililllo de voz.

Todo se ha acabado ya: los refrescos, las hamburguesas, las patatas, sólo quedan los envoltorios y restos de *ketchup* sobre el papel que protege la bandeja, en el que aparece la fotografía de una fantástica hamburguesa que luego nunca es así. Yolanda acaba de cortar conmigo por lo sano y no se me ocurre otra cosa que preguntarle que qué hacemos ahora. Si cuando uno es inútil...

—Tú, no sé, supongo que sabrás en qué bar está tu pandilla; yo me voy a mi casa.

Yolanda hace el gesto de levantarse y yo la detengo.

—Pero... eres la chica perfecta —por dónde se me habrá escapado la originalidad.

—La chica perfecta... —resopla mientras lo dice—. La chica perfecta, si existiese, jamás se habría enamorado de alguien como tú.

Se levanta y se marcha, dejando la carpeta sobre la mesa. Podría empezar a correr detrás de ella, podría gritar su nombre, podría pedirle perdón y hacer propósito de enmienda delante de todos los de la hamburguesería, pero paso de armar el numerito, estoy en mi barrio y tengo una dignidad que defender. Así, pensando, la veo alejarse entre cabezas. No espera el ascensor, sino que toma las escaleras. La pierdo de vista, y me quedo minutos y minutos observando el punto exacto del primer escalón en que se vio un pedacito de ella por última vez. Un parpadeo me saca del éxtasis. Tengo dos opciones: ir al pafeto donde casi seguro estarán los colegas o pudrirme en casa. De todas formas, como mi portal y la boca del metro están al lado, decido caminar hacia allí y retrasar la decisión. Gente y más gente por la calle. «No es nada personal», pienso de cada uno que se me cruza, «pero deseo tu muerte». Lo ideal habría sido que no hubiese sonado el despertador. Que le hubiese dado plantón justo el día que tenía pensado extenderme el certificado de defunción de nuestra... ejem... relación. Cuando llego a la altura del portal, ni siquiera me planteo el dilema de tomar el metro o subir a casa, sino que directamente saco la llave y abro la puerta. En el ascensor empiezo a notar que pasa algo extraño en mi estómago. Mis padres no dan crédito a sus ojos cuando me ven entrar por la puerta.

—¿Qué te ha pasado? —dice mi padre.

—Estáis todos los días diciéndome que venga pronto y cuando lo hago me preguntáis por lo que me ha pasado... Hay que joderse.

—Estás blanco —dice mi madre, mientras se levanta del sofá para acercarse a mí.

Yo empiezo a sudar y un escalofrío me agita entero. Dentro de mí hay un puño que cada vez me aprieta más fuerte el estómago. Mi padre también se levanta. Vienen los dos hacia mí, pero no les doy tiempo a alcanzarme, sino que me veo obligado a correr hacia el cuarto de baño para no vomitar mis tripas en el suelo. Cierro con el pestillo y me arrodillo frente a la taza. Empiezan los golpes, todo son golpes: mis padres aporrean la puerta, gritándome que abra, y casi al mismo ritmo, el puño invisible la emprende a mamporros con mi estómago. Expulso todo de tres arcadas fuertes y otras más flojas: la carne, el pan, el *ketchup*, las patatas y el refresco, todo. Los golpes de la puerta y las voces de mis padres suenan más lejos, tengo los oídos taponados y los ojos bañados en lágrimas.

—Ya está, ya está, no es nada —consigo decir.

Antes de abrir la puerta, me limpio un poco la boca, me seco las lágrimas y tiro de la cadena. Cuando salgo, cuatro ojos me miran con la mayor de las inquietudes.

—¿Qué has tomado? ¿Has bebido algo?

Pienso que es curioso que me hagan esta pregunta justo el único día que no he bebido nada, y trato de sonreír, pero no puedo.

—Me he tomado un barril entero de una bebida compuesta por imbecilidad y fracaso, que sabe asquerosa, por cierto. Ya os contaré, hoy no tengo fuerzas.

Insisten varias veces en si estoy bien, me ofrecen varios medicamentos que rechazo, y poco a poco, al mismo ritmo que voy recuperándome, ellos se van dando cuenta de que no es tan grave. Finalmente, y a regañadientes, acceden a dejarme solo en mi cuarto. Mi mano, desoyendo a mi cabeza, coge un compacto, y presiona el botón hasta llegar al número de la canción que quiere oír. Me pongo los cascos. Es una de mis canciones favoritas, y sé que hoy le voy a sacar nuevos significados. *Ella era una flor del mar, yo un delfín tras un velero, de esta noche no paso, se ha hundido otro petrolero. Otra batalla perdida, un grito de desconsuelo, qué puedo hacer si mis pies ya se están hundiendo en el cieno.* A medida que la escucho, siento que el que compuso esto sabía lo que me iba a pasar con Yolanda. *Se hizo la nada al llegar esta madrugada, bloques de acero se estrellaron mi cara. Todo quedó tan oscuro que ahora ya no hay quien te encuentre, sólo has dejado silencio en esta balsa de aceite, ye, yeee.* Creo que acabo de descubrir algo que ya sabía, pero a lo que no hacía caso: las palabras no están en las canciones simplemente para acompañar a la música. Hasta hoy, la letra de esta canción me parecía una sucesión de palabras, sin un significado concreto, que seguían el ritmo de la música. Ahora veo que hay mucho más: alguien ha capturado mi historia en unas frases. Sin tener plena consciencia de lo que hago, me quito los cascos y abro la carpeta de los cuentos de Eduardo. ¿Cómo dijo Yolanda que se llamaba ese cuento tan bueno? Algo de no sé cuántos segundos. Paso las hojas rápidamente hasta que doy con él. Aquí está: *La duración de quince segundos*. Como todos los cuentos de mi hermano, entre el título y la primera frase, viene el hecho que lo inspiró. *Todas las mañanas, en la estación de Príncipe Pío, una niña pequeña pasa de las manos de una mujer, en el andén, a las de un hombre, dentro del vagón.* Comienzo a leer las palabras que Eduardo pone en boca del hombre y todo cobra vida. La historia no puede ser de otra forma a como mi hermano la ha imaginado. La mujer es la madre de la niña y el hombre, el padre. Hace unos años —qué más da cuántos— se divorciaron. En realidad fue ella quien lo abandonó a él, llevándose a la niña, que ahora tiene padre y padrastro. Una de las pocas cosas en la que llegaron a un acuerdo fue que todas las mañanas ella bajaría a la niña al andén y él la recogería para llevarla a la guardería. El hombre, que como la mayoría de las personas abandonadas, sigue enamorado de quien le abandonó, cuenta lo que siente durante los quince segundos que tarda el metro en detenerse, abrir las puertas y volver a cerrarlas. Cuando se reanuda la marcha, él la sigue con la mirada hasta que la pared del túnel se cruza frente a sus ojos y todo se vuelve negro. El hombre lo cuenta tan bien que se me hace difícil imaginar que es mi hermano y no él quien está detrás de estas palabras. Para terminar, le dice al lector, me dice a mí, que sus días duran quince segundos, y que el resto es un túnel oscuro que comienza y termina en Príncipe Pío. Me quedo un poco no sé cómo. Se me meten en la cabeza demasiadas ideas como para hacer caso a todas: no quiero que mis días sean un túnel oscuro, ¿cómo me puede gustar tanto un cuento que ha escrito mi odiado hermano?... De pronto, me noto emocionado, hago un par de pucheros como si fuese un crío y me seco los ojos antes de que empiecen a caer lágrimas. Joder, si me viesen mis colegas, flipaban. Y para dejar de ser yo absolutamente —o para ser realmente yo, pues ya no estoy seguro de nada—, una idea empieza a ganar espacio en mi cabeza por sí sola, sin otra ayuda que su propia fuerza. No es una idea, es una imagen borrosa. ¡No puede ser! La imagen en movimiento me acaba de sugerir un cuento y lo peor de todo es que descubro que no puedo reprimir las ganas de escribirlo. Corro hasta la sala de estar y enciendo el ordenador. Entro en el procesador de textos, escribo el título con letras grandes y subrayadas: LA CHICA DEL ANDÉN DE ENFRENTE, y me dejo llevar.

Eduardo

«No sabrás todo lo que valgo hasta que no pueda ser junto a ti todo lo que soy.» La frase la oí hace días en mi programa nocturno de radio favorito y hoy, misteriosamente, ha vuelto a mí. Tengo que ser yo mismo... No tengo que ser yo mismo... Tengo que ser yo mismo... No tengo que ser yo mismo... ¿Pero quién soy yo mismo? ¿El dubitativo ratón de biblioteca que vive en un mundo de letras sin riesgos, o el descarado vacilón que habla con una chica desde la altura que le da su seguridad? Irene cree que se va a encontrar con el segundo y para mí que no paso de ser el primero. Por eso llevo todo el día mentalizándome para ser un poco como mi hermano. ¡Pero sólo un poco! Me siento mal, no lo puedo negar, porque tratar de imitar a mi hermano es como desear ser la suela de un zapato. Y para tratar de aliviar este sentimiento, tengo que acabar reconociendo que, pese a que no sean muchas, Miguel tiene algunas cosas mejores que yo, algo que me vuelve a hacer sentir mal. De todas formas, no me dejo encerrar del todo por este desquiciante círculo. Hoy es mi día, hoy es mi gran día, y ni siquiera me ha perturbado esta mañana una llamada de Yolanda para mi hermano. A medida que me arreglo voy descubriendo que para ser un ratón de biblioteca no estoy nada mal, y cuando salgo del servicio, la mirada de Miguel corrobora mi impresión. La verdad es que le noto un poco bajo. Con una chica como Yolanda, yo nunca tendría la cara de cordero degollado que arrastra hoy mi hermano, quizá no le vayan tan bien las cosas como yo imagino. Pero qué más da, yo estoy a una hora de quedar con una chica maravillosa. Es curioso, Irene me dijo que tenía cinco pendientes y cada vez que pienso en ella me la imagino con veinte o treinta pendientes sepultando su oreja, y me gusta. Los minutos que me quedan hasta la hora de salir los paso sin hacer nada, simplemente yendo y viniendo, de mi habitación al salón, del salón a la cocina, de la cocina a mi habitación y vuelta a empezar. Estoy demasiado nervioso como para pensar en otra cosa que no sea Irene. No tengo miedo de que me pueda defraudar, ya sé de antemano que no, pero mi mente trata desesperadamente de adelantarse al encuentro y la imagina llegar hasta el kilómetro cero de mil formas distintas: con vestido largo, corto, azul, de colorines; con pantalones nuevos, gastados, deshilachados; ahora llega rubia, ahora morena, con el pelo largo, corto, liso, rizado; mide casi como yo, le saco una cabeza... Lo único que se repite a cada llegada son los pendientes y el nombre, que, aunque no se ve, se presiente. Sé que por muchas caras que le esté poniendo, nunca voy a dar con la verdadera, pero quién detiene a una mente lanzada a imaginar. Tengo que irme ya, calculo una media hora hasta Sol y no quiero llegar un segundo tarde. Me despido, y mi padre me guiña un ojo.

—¿Te siguió quitando el sueño la cita?

Había olvidado por completo la conversación que mantuve anoche con él.

—No, ¿y a ti la inspección?

—Tampoco.

Salgo a la calle ejemplificando la palabra «contento», y en cuanto me traga la boca del metro, acudo a mi bolsillo, donde aguanta inquieto el paquete de tabaco. Una de las mayores contradicciones de Madrid se encuentra en las papeleras del metro. Están divididas en dos partes: la papelera propiamente dicha y el cenicero. Lo curioso es que a la vez, en la frontal, unas palabras te recuerdan que está terminantemente prohibido fumar en toda la red de metro. ¿Y qué cenizas quieren echar entonces? Conozco gente que pide que le incineren y arrojen los restos sobre los montes que le vieron crecer, o al río que pasaba junto a su pueblo, para seguir nadando durante toda la eternidad, pero no imagino a nadie que quiera que le echen a la papelera de la estación que le vio pasar todos los días camino del instituto o del trabajo. Aunque bien pensado, puede que no sea mal sitio. ¿Dónde esparcir las cenizas si has estado toda tu vida en Madrid? Quizá mejor que la papelera sean las vías —ahí abajo, donde ahora arrojo mi cigarrillo consumido—, para que los trenes te lleven tras su estela de estación en estación. Al fin y al cabo, el auténtico río de Madrid es el metro. Cuando salgo del vagón en la estación de Sol, me dejo arrastrar por la corriente hasta la salida. Miles de personas en una plaza, caminando, esperando, solas, acompañadas. Miro el reloj de las campanadas de Nochevieja, las siete y veintiocho, cruzo una de las calles que atraviesan la plaza y camino hasta llegar a la altura del reloj. Entretengo la espera mirando el kilómetro cero. Recuerdo aún la primera vez que vine a Sol exclusivamente a verlo. Creía que habría una estatua, o carteles anunciándolo; sin embargo no resultó ser más que un baldosín que estaba pisando mientras buscaba infructuosamente la señal. Quizá las grandes historias empiecen así, con un comienzo que puede pasar incluso desapercibido porque lo tienes bajo tus pies. Pero de pronto descubres que está ahí, que todo ha empezado y que ya no hay marcha atrás. De ese modo, una inocente conversación en la red te lleva de repente, casi sin darte cuenta, a una cita... Allí viene Irene, es ella. Cualquier pensamiento queda suspendido en la tarde de Madrid. Trae consigo una sonrisa de labios prensados que, sin poder evitarlo, imito. Yo me incorporo de la pared y doy un par de pasos hacia ella. Nuestros ojos parecen querer alcanzarse mutuamente. Irene gira ligeramente la cabeza y se señala la hilera de pendientes, yo miro hacia arriba y señalo el reloj con el dedo. No es ni alta ni baja; sus piernas caminan dentro de unos pantalones amplios de fina tela cuyo color bien podría ser verde, marrón o gris, según la posición. Descubro que no puedo pensar objetivamente sobre su belleza, al preguntarme sobre ella sólo veo a la chica más guapa que he visto e imaginado —y mira que es difícil esto último— en mi vida. Al comprobar que efectivamente soy Eduardo, sus labios se despegan y la sonrisa se amplía. Yo, como un espejo, reproduzco su expresión. No sé si los nervios me habrán vuelto daltónico, pero con sus ojos me pasa exactamente lo mismo que con sus pantalones: ¿son verdes, marrones o grises? Ya a escasos dos metros, me señala con el dedo como si fuese una pistola.

—Eduardo.

Tiene una voz normal, ni de pito ni de barítono, pero creo que no he oído a nadie pronunciar mi nombre tan bien.

—Si yo soy Eduardo, que lo soy, tú eres Irene.

Hasta ahora todo va bien, creo que no estoy muy colorado y la voz no me tiembla. Nos damos dos besos. Ahora es cuando le tengo que decir el sitio donde vamos, y ella piensa que soy un chico decidido y *echao palante*, pero me encuentro con un terrible problema: no conozco un solo sitio por aquí.

—¿Conoces las cuevas de Sésamo? —me dice, y descubro que su voz tiene un desenfado que alguien como yo tiene obligatoriamente que agradecer, porque hace mucho más cómoda la conversación. Yo niego con la cabeza—. Te van a gustar, seguro. Está lleno de citas literarias por las paredes y el techo. Además, no me apetece ir a una reserva natural de buitres.

—¿Adónde no te apetece ir?

—Ay, perdona, es como mis amigas y yo llamamos a las discotecas.

¿No es adorable? Subimos por una calle, caminamos el uno junto al otro, de vez en cuando nos miramos, intercambiamos una sonrisa de extraños íntimos, y continuamos. Cuando enciendo un cigarrillo, le ofrezco y ella dice que no fuma y me pregunta que por qué lo hago.

—¿Has visto *Casablanca*?

—Sí, está muy bien.

Yo miro al cielo. Dios, has dado en el blanco, ésta es justamente la chica que te pedí.

—Pues yo creo que no se puede no fumar después de ver a Bogart en esa película.

Ella sonríe y yo la correspondo. Hasta hoy no sabía que la sonrisa es una de las mejores formas de camuflar los nervios. De pronto, a un niño que camina con sus padres en dirección contraria a nosotros se le cae una pelota que rueda hasta mis pies. Ésta es mi oportunidad, le hago unas gracias al niño, y ella se da cuenta de que además soy un tío de buenos sentimientos. El niño corre hacia la pelota, yo le hago un regate que casi le hace caerse.

—Venga, quítamela —le digo, en plan cariñoso.

Pero el niño, de no más de diez años, se enfurruña, me llama hijo puta, cabrón, y me lanza un escupitajo hacia el pantalón que milagrosamente logro esquivar. Su padre le da un bofetón y yo le lanzo una mirada criminal. Chaval, ya puedes dar gracias a que Irene está delante, si no, el tortazo de tu padre te iba a parecer la caricia de una pluma en comparación con el mío. ¡Será cerdo y maleducado! Cuando la familia se aleja a nuestras espaldas, miro a Irene, que se está aguantando la risa con la mano en la boca. Yo hago un gesto como que no me gusta nada que se rían de mí, pero ella se acerca, coloca sus dedos gordo e índice en la comisura de mis labios y los abre, creando en mi cara la sonrisa más sincera que recuerdo. No, si al final le tendré que agradecer al niño el escupitajo. Seguimos caminando, y ahora todo es distinto. Su mano, de camino hacia mi boca, ha roto esa barrera de lo físico y todo parece más fácil. Ya no me cuesta, a la vez que le señalo un coche, agarrarla del brazo; o repasar su oreja entera con la yema de mi dedo con la excusa de mirar los pendientes.

—El problema —me dice, antes de llegar— es que siempre hay una cola tremenda.

—Ese problema es una mierda en comparación con los problemas del mundo —jamás he sacado tanto provecho, en forma de carcajada, a una frase—, y más teniendo en cuenta que yo lo único que quiero es estar contigo, aunque sea... no sé... ¡en medio de un terremoto!

Se nota que he dejado de sopesar mis actos y mis palabras, de lo contrario no habría hablado así. Entramos a una especie de recibidor alargado y nos colocamos los últimos de una fila que avanza sólo cuando sale gente. Muy lentamente, y tratando de mirar lo menos posible una vomitona roja de sangría que te revuelve todo, llegamos hasta unas escaleras donde aún no acaba la cola. No hay muchos escalones, pero es que para bajar uno puedes tardar como cinco minutos. La gente, los de delante y los de detrás, sólo saben quejarse de lo poco que avanza. Nosotros, mientras, nos quejamos de no habernos conocido antes, hablamos de todo, como si el diálogo fuese la continuación del que mantuvimos el día pasado en el ordenador.

—¿Sabes una cosa? He descubierto qué es lo que me hizo pinchar en el canal de la amistad en lugar del de literatura. Hay pequeñas cosas, a veces imperceptibles, que te llevan a otras mucho más grandes. El otro día, cuando entré al autobús, abrí el libro que estaba leyendo y descubrí un mosquito aplastado entre las dos páginas. Lo aparté con el dedo, pero quedó un rastro, en el libro y en mí. Y creo que cuando fui a entrar al canal de literatura, me di cuenta de que ese mosquito podía llegar a ser yo, y no me gustó la idea. No sé si me entiendes.

—Claro que sí.

Por fin llegamos a una estancia de humo, debajo del cual hay mesas, gente y sangría. Ya somos los primeros de la fila, y en cuanto queda una mesa libre, nos lanzamos a ella, o mejor dicho, se lanza Irene y me agarra para que la siga. Lo que más me gusta de ella es su contagiosa vitalidad, la alegría que explota en su cara cada dos por tres. Pedimos una jarra de sangría y una tortilla —por lo visto, es lo típico—. Aparte de todo lo que sabía de ella, me cuenta que suele ir un par de días al mes a escalar, que cuando puede hace una escapadita a la pista de patinaje sobre hielo, a la Casa de Campo, y que está mirando para el año que viene unirse a un grupo de espeleología.

—Hoy ya estás en una cueva —le digo, pero lo que en realidad pienso es que ojalá me contagie la mitad de su gusto por disfrutar la vida.

—Te podías apuntar. Tiene que estar genial, no me digas que no, descubrir riachuelos subterráneos, estalactitas, estalagmitas...

—... derrumbamientos, murciélagos, las linternas que se quedan sin pilas —prosigo, pero enseguida se da cuenta de que no hablo en serio—. ¿Dónde hay que apuntarse?

—Eduardo González Ortiz —dice, como haciendo memoria—, ya estás apuntado.

Me pregunto cuánta vida cabe en Irene. Ahora rellena los vasos vacíos, la jarra queda por la mitad y me dice que va al servicio. La sigo con la vista hasta que desaparece, escaleras arriba, pidiendo paso a los que ahora esperan en la cola. Hace amago de aparecer la duda de si volverá, yo soy así, no lo puedo evitar, pero la aparto de golpe. Entonces, como si hubiese esperado a que ella se fuese, aparece una china vendiendo rosas. Le pregunto el precio y ni siquiera regateo, aunque sé que es excesivo. Elijo la que tiene el color más fuerte. Miro hacia la escalera, aún no viene. La saco del plástico que la envuelve y me dedico a quitar uno a uno los pétalos, que guardo en el puño, sin apretar. Cuando Irene llega a la mesa, le ofrezco la rosa sin pétalos y se me queda mirando a medio camino entre ¡ah, es una broma! y ¡mira que eres cutre!

—Gracias —dice, no obstante.

—¿Con tan poco te conformas? —le digo, mientras elevo la mano, cerrada, hasta que queda en un punto intermedio entre mi nariz y la suya.

Lentamente, voy abriendo el puño y cuando la palma ya está extendida, soplo, y los pétalos vuelan en mágico desorden hasta ella, que cierra los ojos y se deja acariciar por lo que ahora parecen mariposas rojas. Uno de ellos se le queda enganchado entre los labios. Podría soplar un poco, y caería, pero prefiero quitárselo con la mano. Cuando nota el contacto de mis dedos, abre los ojos para ver cómo me llevo su beso en forma de pétalo de rosa. La barrera física no es que esté rota, es que se ha desintegrado. Sé que estoy baboso perdido, pero es que sin duda alguna estoy viviendo el momento más feliz de mi vida. No lo cambiaría por ninguno de mis mejores recuerdos, quizá ni por todos ellos juntos. Nuestras manos ya están enlazadas y no tienen intención de soltarse. Con la segunda jarra, todo se hace más exagerado: nuestro deseo, nuestras carcajadas, nuestras voces al hablar... Noto que está con el puntillo, por sus ojos, que sonríen casi mejor que su boca. Yo tampoco es que ande muy sereno, es la primera vez que bebo algo con alcohol que no sea el culín de un vaso para probarlo.

—Llévame por ahí —me dice desde muy cerca.

—Si todavía no hemos termin... —me detengo a mitad de la frase y me recrimino la estupidez que iba a decir.

No me deja que la invite. Pagamos a medias y nos vamos. Las escaleras siguen llenas de gente que espera mesa. En el recibidor, la cola es incluso mayor que la de cuando entramos, y la vomitona de sangría esta cubierta de serrín. Me vuelve a decir que la lleve por ahí. Ha llegado el momento de que vea que tengo algo de iniciativa. Salimos y tiro de ella hacia la izquierda.

—Por aquí, conozco un sitio —miento.

Camino por la calle con fingida seguridad. Doblamos una esquina, doblamos otra. Me parece que estamos en Huertas, pero yo sólo he pasado un día por aquí, e iba en el coche, con mis padres. Sólo puedo intuir cómo van a ser los garitos —¿de dónde he sacado esta palabreja?— por la gente que entra o la música que sale por la puerta. Cansado de hacer el paripé, decido entrar al primero que veo.

—Aquí es.

Irene está entregada, lo noto. Entramos. Es un local alargado, con la barra a la derecha y al fondo se ve una pista de baile. Me dice que si tomamos algo, y yo le respondo que sí.

—Creo que tomaré la última cerveza —le digo—, mi cuerpo no está muy acostumbrado.

—Otra para mí.

Ya con los vasos en la mano —esta vez la he obligado a aceptar la invitación—, nos vamos hacia el fondo donde una masa de gente bota al ritmo de la música. Irene se incorpora al mogollón y comienza a bailar desenfadada. Al ver que no la sigo, se acerca a mí.

—¿No bailas?

Le digo que ni loco, pero Irene me ofrece sus brazos y toda mi vida me empuja por detrás hacia ella. Nos entrelazamos, nos aplastamos el uno contra el otro. ¿Pero esto de los bailes agarrados no era de los guateques de nuestros padres y abuelos? Damos vueltas y vueltas hasta que el mareo vuelve todo un poco más irreal. De repente, nos quedamos parados, mirándonos como heridos por el mismo sentimiento. Nuestros ojos, nuestras bocas, nuestros cuerpos, se buscan casi con furia. Creo que para ser el primer beso no lo estoy haciendo del todo mal. De vez en cuando, por el ímpetu, nuestros dientes se chocan, y en esos momentos nos separamos unos milímetros, reímos la misma risa durante unos segundos, y proseguimos. Poco a poco le cogemos el truco y nos permitimos hasta bailar besándonos.

—Tú que conoces este sitio, ¿dónde está el servicio de las tías? Te darás cuenta de lo rápido que me baja la bebida.

—Es que... bueno... ¿a ver?... Yo sé dónde está el de chicos, pero...

—Bueno, pues dime dónde está, y el otro estará al lado.

—Espera que me acuerde... creo que está cerca de la entrada, pero no me hagas mucho caso.

Irene me mira con esos ojos que van alegrando corazones.

—Tú has estado tantas veces aquí como yo en Cracovia —y me da un beso antes de ir a buscar el servicio.

Cuando regresa, el tiempo se vuelve loco. Miro el reloj dos veces seguidas y, entre ambas, ha pasado ya una hora. La música, la armonía, el ritmo de la tierra se ha metido dentro de mí, y ni empujones ni pisotones me sacan del encantamiento. Tengo los ojos enfocados a cien años luz y las manos ocupadas en estudiar —para ahora disfrutar y luego recordar— las formas del cuerpo de Irene. Salimos a la calle, pero yo tengo la impresión de estar en un inmenso escenario único, aunque cambien bares y calles. El mundo cada vez es más pequeño y yo cada vez soy más grande. Las calles son alfombras que alguien va desenrollado a nuestro paso.

—Irene, a partir de ahora siempre estaremos en el centro del mundo, porque el centro del mundo estará donde estemos juntos los dos. En los momentos en que no estemos juntos, dejará de existir el centro del mundo —vaya trabalenguas.

—¿Tiene que ver eso con el kilómetro cero?

—No lo había pensado, pero puede tenerlo. Todo tiene que ver con todo.

—Edu... No es por nada, pero tienes que dar gracias de haber topado conmigo —yo asiento—, le dices a otra chica las cosas que me has dicho hoy, y se parte de risa.

—¿Tan diferente te ves a las demás?

Ella se encoge de hombros y se queda pensativa. En un punto de la reflexión, su gesto cambia. Es como si se hubiese bajado en marcha de la nube, y ahora yo la veo, desde arriba, caminar por la calle donde hace siglos me escupió el mocoso. El humo del cigarrillo acentúa la sensación vaporosa del momento. Llegamos a la Puerta del Sol, a por el último metro. En una bifurcación del pasillo, leemos las paradas que hay por cada lado y comprobamos que tenemos que tomar el metro opuesto. Nos despedimos con un beso interminable y, cuando ya me había dado la vuelta, escucho que me llama.

—Estoy triste por lo poco que vamos a poder vernos —me dice, desatando todo mi pesimismo, que esperaba agazapado cualquier señal para saltar—. Van a empezar los exámenes y yo tengo que aprobar por narices porque...

—¡Ah, qué susto me habías dado! Ya me había puesto en lo peor. Bueno, te dejaré estudiar. Si total acabarás más o menos cuando yo.

Pero Irene, tras mi interrupción, sigue hablando con el mismo tono.

—Tengo que aprobar para irme todo el verano con la organización.

Un misil cae entre nosotros.

Me explica que llevan organizándolo desde hace mucho tiempo. El proyecto se llama «Una sonrisa para el verano», y consiste en una gira por hospitales de España con un espectáculo para niños. Ella, por lo visto, está deseando hacerse más mayor para poder ir a sitios lejanos donde se necesitan, mucho más que aquí, sonrisas.

—Si no lo has hecho nunca, quizá no entiendas que pueda sacrificar tanto por ello, pero es algo maravilloso. No sabes cómo te acogen los enanos. Algunos hasta se te acercan y te cubren de besos después de la actuación. Hay que ser fuerte. A veces te encuentras arrancándole la última sonrisa a un niño con un pie en el otro mundo y tienes que aguantar. Puede parecer duro, pero yo creo que lo duro sería no hacerlo.

Mi primera idea es tratar de disuadirla para que no vaya. Preparo en pocos segundos la estrategia, pero no puedo exponer ni la primera razón. Oírla hablar del proyecto es involucrarte ya en él. Entonces lo veo claro: la niebla, el avión al fondo, un coche lleno de alemanes que viene a por nosotros, la gabardina, el sombrero, el avión se pone en marcha, los ojos vidriosos de Ingrid Bergman, el gesto serio de Humphrey Bogart.

—Irene, tienes que coger ese avión. Siempre nos quedarán las cuevas de Sésamo.

El beso con el que nos decimos adiós a buen seguro estará emocionando a quien esté en la taquilla y nos observe mediante la cámara de seguridad. Tomamos cada uno nuestro pasillo y nos reencontramos en el andén, separados ahora por el hueco de las vías. Caminamos a la misma altura hasta más o menos el centro. La electricidad que va por los cables no es comparable con la que flota entre nuestros ojos. Yo me calo el sombrero, la niebla se mete hasta los huesos y me obliga a apretarme la gabardina. Llega su metro. Se abren las puertas y la veo sentarse a través de las ventanas. Al desaparecer en el túnel, el gusano metálico forma un remolino de aire que se lleva el humo del cigarrillo y el hálito de mi alma. Es probable que quedemos mañana, que nos sigamos viendo entre los exámenes, e incluso después de que vuelva del viaje, pero hoy no me quita nadie esta despedida épica.

Miguel

El domingo empieza del revés. Esta vez es Eduardo el que ronca plácidamente en la cama mientras yo llevo tanto tiempo despierto que ya me he cansado de todo, incluso de estar cansado de todo. Pero de lo que más harto estoy es de pensar y repensar lo que sucedería si le mandase por correo *La chica del andén de enfrente* a Yolanda. Al principio, en un arrebato de optimismo, la veo entrando a su casa con el sobre en la mano, extrañada. Lo abre con cuidado, saca las hojas y comienza a leerlo. A la mitad del relato descubre que está emocionada, y una décima de segundo después de leerlo corre hasta el teléfono y marca mi número. Yo descuelgo al otro lado y ella me dice:

—Precioso, maravilloso cuento... el último de tu hermano.

Vaya, hombre, parece que mi optimismo no es suficiente en esta situación. A pesar de que ni siquiera consigo convencerla en mi propia imaginación, lo tengo decidido. Al fin y al cabo este cuento sí que es mío. Enciendo el ordenador sin intención de echarme una partida por segundo día consecutivo, algo inaudito. Entro en el procesador de textos y abro un par de carpetas hasta dar con el cuento. Saco una copia por la impresora, la grapo, la doblo y la meto en un sobre. Escribo, por una cara del sobre, la dirección de Yolanda y por la otra, las siguientes palabras:

Sólo una sorpresa, pero realmente mía. Le pido a mi padre un sello. No conozco muy bien el servicio de correos, pero imagino que no trabajarán los domingos. A pesar de todo, decido bajar cuanto antes a echarla, con el desagradable sabor del sello aún en la lengua. Camino hacia el buzón, pero mis pasos cada vez son más cortos y lentos. Es mi cabeza la que retiene a las piernas. A cinco pasos del buzón, me detengo y doy la vuelta. ¿Para qué tanta complicación cuando su casa está a diez minutos calle arriba? Por correo, y con muchísima suerte, llegaría el martes, y yo no puedo esperar tanto tiempo. A paso ligero llego hasta su portal y la puerta cerrada no me desanima lo más mínimo. Una puerta cerrada sólo es una puerta que puede abrirse. Así me quiero ver, positivo. Llamo a un piso cualquiera, cuidando que no sea el de Yolanda.

—¿Dígame? —se oye la voz temblorosa de una anciana.

—Soy el repartidor de pizzas.

—¿Reparte pizzas? ¿Gratis? Lástima que con esta dentadura no pueda comerla.

—De todos modos, ¿podría abrirme?

—Sí, hombre, sí.

La chicharra metálica me indica que puedo abrir la puerta. Los buzones están a la izquierda. Busco hasta dar con su piso y por el cartelito me entero de que sus padres se llaman Ángel y Ángeles —qué familia más angelical— y de que Yolanda se apellida Martínez Flores. Introduzco el sobre por la ranura y antes de soltarlo dudo por última vez. ¿Y si me guardo la carta y vuelvo por donde he venido? ¿Y si lo dejo todo como está? Mi mano responde aflojando los dedos y dejando resbalar entre sus yemas el sobre. La suerte está echada, y la carta también. Abro la puerta y una mosca que se estaba chocando constantemente contra el cristal aprovecha para salir a la calle junto a mí. Yo ya no puedo hacer otra cosa que volver a casa y esperar acontecimientos. Camino deprisa hasta mi casa, como si estuviese esperando la llamada de Yolanda para este mismo día. Cuando abro la puerta y entro al salón, veo los dos *discman* empaquetados sobre la mesa.

—Mamá ha dicho que se los devolvamos hoy sin falta —contesta Eduardo a la pregunta que estaba a punto de hacerle—. No vive muy lejos.

Antes de irnos, le digo a mi madre que si llama una chica preguntando por mí, le diga que luego la llamo. Salimos juntos y en el ascensor, mientras yo cuento los pisos que vamos dejando arriba, mi hermano se mira en el espejo. Ya en la calle, me dice dónde vive Rogelio y nos ponemos en camino. En esto, mi hermano saca un cigarrillo del paquete y se lo enciende como si tal cosa. Hasta hoy, aunque yo lo supiese, nunca había fumado delante de mí. Pero ahí va, todo feliz, el mundo le resbala. Antes siempre que iba con él por la calle sentía que los que nos miraban me veían a mí como el original y a él como la copia barata, pero hoy ya he dicho que el día está del revés. Para variar, no hablamos de nada. Cada uno va con su caja debajo del brazo, pensando en sus cosas. Mientras yo valoro las escasas posibilidades que tengo de reconquistar a Yolanda, él estará decidiendo dónde llevar a su chica esta tarde. No sé cómo se la habrá ligado, si no sale de casa y en el instituto no se relaciona con nadie. El tío tiene suerte. ¡Mírale! Tira la colilla como cinco metros por delante y, sin cambiar el paso, cuando llega a su altura le da una patada. Se le ve sobrado. Cuando llegamos al portal de Rogelio, y aunque me cueste reconocerlo, veo a Eduardo mucho más alto y guapo que yo. Antes de llamar al portero automático, llega una vecina y abre. Tomamos los tres el ascensor y resulta que vamos al mismo piso. La mujer no deja de mirarnos. Debe de tener treinta y tantos y es guapa hasta decir basta: rubia, ojos azules y rasgados, nariz chata y elegancia tanto en su ropa como en su forma de estar de pie. Cuando el ascensor se para, nos pregunta si somos Miguel y Eduardo y nosotros respondemos a la vez que sí. Miro fugazmente a mi hermano y descubro que también está embobado con ella.

—Entonces creo que venís a mi casa. Soy Eva, la mujer de Rogelio —dice mientras busca entre todas las llaves la de la puerta.

—Encantados de conocerla —responde Eduardo por los dos.

—Rogelio me ha hablado mucho de vosotros —abre y nos invita a entrar—. Él no está ahora. Se ha ido a llevar a los niños al parque.

Eduardo le explica el motivo de nuestra visita y ella se encoge de hombros. Como era de esperar, no tenía ni idea del asunto. Después de dudar un instante, Eva resuelve que nos los quedemos pero nos dice que, por favor, no aceptemos nada más.

—Ya sabéis cómo es —añade con resignación.

Nosotros insistimos en devolverlos, mi hermano con más convicción que yo, pero ella deja zanjado el tema de una manera tajante. Luego nos pregunta si queremos tomar algo antes de marcharnos y me dan ganas de decir que sí sólo por poder contemplarla durante más tiempo, pero la vergüenza me lo impide. Mi hermano también rechaza la invitación en contra de su voluntad, lo noto, y de nuevo nos vemos en la calle con las cajas debajo del brazo, esta vez camino de casa. Si yo tuviese una mujer como Eva, jamás estaría triste. No dejo de preguntarme qué tendrá Rogelio en la cabeza para no darse cuenta de lo evidente. ¿Tanto la habrá maltratado?

—No sé, no lo puedo entend... —decimos de pronto Eduardo y yo, pero no terminamos la frase, sorprendidos por la coincidencia exacta en el momento y en las palabras.

No hablamos más, quizá porque los dos tenemos la impresión de que cuando uno abra la boca el otro va a hacer lo mismo. Cuando llegamos a casa, mi madre nos recibe —o mejor dicho, recibe a Eduardo— con una sonrisa que se sale de su cara y le anuncia que ha llamado una tal Irene para quedar esta tarde. Así que se llama Irene. Mi hermano acoge la noticia con una sonrisa tranquila, no le ha pillado de sopetón. Yo me quedo mirando a mi madre, esperando que haga memoria y me diga ah, y a ti Yolanda, que la llames sin falta por no sé qué de un cuento. Pero nada, ahora se fija en que volvemos con los *discman* y pregunta por ellos. Mi hermano, desde su abrumador pedestal de seguridad, le cuenta nuestro encuentro con Eva. Mi madre repite cada dos por tres que es un encanto de mujer y nosotros asentimos a la vez. Cuando Eduardo termina de convencer a mi madre de que fue imposible devolvérselos, se acerca al teléfono, lo descuelga y empieza a marcar un número, no hace falta ser muy inteligente para saber que es el de Irene. ¿A quién más podría llamar Eduardo? Sé que es el momento de marcharme a mi cuarto, que en estas circunstancias no me va a venir nada bien escuchar la conversación, pero la curiosidad es mucho más fuerte que mi voluntad. Así que enciendo la televisión, me siento en el sofá y hago como si me interesase mucho el partido de hockey sobre hierba que están retransmitiendo.

—¿Irene? (...) ¿Qué tal?, ¿qué hacías? (...) ¡Ensayando con los de la organización! ¿Todos en tu casa? (...) Vaya jaleo. Oye, ¿en tu vocabulario existe la palabra quieta? (...) ¿Yo? Nada, acabo de llegar de la calle y me ha dicho mi madre que habías llamado. (...) Por supuesto. (...) ¿Una de cine? Genial (...) Venga, donde siempre, a las... no sé. (...) Perfecto, pues hasta la tarde. (...) Otro para ti. (...) Adiós.

Salgo del salón justo antes de que Eduardo cuelgue el teléfono y llego a mi cuarto con una sensación tremendamente molesta. Doctor, noto pinchazos en la cabeza, mi estómago hace un *looping* detrás de otro y no puedo dejar de apretar los puños, ¿qué es lo que tengo? No cabe duda, usted tiene un severo ataque de envidia. Relájese y haga respiraciones pausadas pensando en el murmullo de las olas deshaciéndose en la orilla de una playa sin límites. Pero la receta no vale. Mi hermano, el soso, el autista, el antisocial, parece tener una relación envidiable —nunca mejor dicho—, cosa que yo, el chistoso, el abierto, el sociable, no termino de conseguir. Mientras él tiene una cita segura para esta tarde, yo estoy esperando una llamada caritativa que me anuncie que un simple cuento ha sido capaz de arreglar el desaguisado en que se ha convertido mi relación con Yolanda. ¿Qué estará haciendo en estos instantes? ¿Tendrá ya en sus manos el cuento que ella misma ha inspirado o seguirá la carta esperando impaciente en el buzón? Y si ya lo ha leído, ¿pensará llamarme o creerá que es otro relato robado a mi hermano? Basta ya de preguntas, tengo que pasar estos días haciendo cualquier cosa para despistar a la cabeza. Vuelvo hasta el salón y nada más descolgar el teléfono descubro que Eduardo está repantingado en el sofá, viendo el partido de hockey sobre hierba. Ya es tarde para volver a colgar, así que no me queda más remedio que marcar a pesar de que no me apetece nada que se entere de mi conversación.

—¿Tocho?

Mi hermano desvía la mirada del televisor por un instante. Parece haberse extrañado al no oírme preguntar por Yolanda. Yo dejo de mirarle para poder hablar más a gusto.

—¡Hombre, Miguel! —responde el Tocho al otro lado—. ¡Cuánto tiempo! Desde que te has echado pibita no te acuerdas de los colegas.

—No digas chorradas. ¿Qué vais a hacer esta tarde?

—Hemos quedado en casa de Jimmy, que está solo, para ver *La loca historia de las galaxias.*

—Pero si ya la hemos visto por lo menos quince veces.

—Miguel, que te vea un médico. Tienes algo grave. ¿No eras tú el que siempre nos intentaba convencer para ir a verla?

—Si luego me apetece me paso, pero si a eso de las siete no he llegado, empezad sin mí.

—Vale, pues hasta luego.

—Adiós.

Cuando devuelvo el teléfono a su lugar y giro la cabeza hacia Eduardo, éste da un respingo y finge interesarse por el apestoso partido. Siento que todo lo que me rodea me mira con una sonrisa de mala leche y oigo una cruel voz infantil repitiendo una y otra vez: «¡Yolanda no te ha llamado! ¡Yolanda no te ha llamado!...».

6
CÍRCULO CERRADO

Eduardo

DESDE que soy feliz, las semanas vuelan. Parece que el domingo fue ayer y el despertador ya anuncia la llegada del viernes. Creo que me he despertado con la misma sonrisa con que me dormí. Antes de incorporarme, trato de recordar aquella idea genial, preciosa, con la que anoche me rendí al sueño, pero no lo logro. A pesar de no alcanzar la idea, sí llego a la misma sensación placentera que ayer me relajó tanto que ni siquiera presté atención al ruido de la impresora trabajando. Qué extraño. Podría comenzar a darle vueltas al asunto, pero la cara de Irene, grabada allí donde miro, pone fin a cualquier tipo de pensamiento. Estoy batiendo el récord de días seguidos levantándome sin que Miguel sea la primera y abominable cosa en que pienso. Primero veo a Irene materializándose en el techo, luego en el despertador, cuya alarma detengo de un certero zarpazo, en la persiana que subo, en el pedazo de calle que enmarca la ventana, en la cama desecha, en el trozo de pared del pasillo que deja ver la puerta, en unos folios que hay sobre mi mochila y que no recuerdo haber dejado allí... Me acerco de un salto y, mientras automáticamente asocio esto con el sonido de la impresora que recordaba entre brumas, descubro en la primera página una frase con pinta de título: LA CHICA DEL ANDÉN DE

ENFRENTE, y debajo, escrito a lápiz con la emborronada letra de Miguel: a ver qué te parece esta historia del metro. La imagen de Irene desaparece al instante. Esto es muy fuerte. Paso la página del título con sumo cuidado, como si se tratase de un ejemplar antiquísimo, y no puedo creer que detrás haya, efectivamente, un cuento. Me asomo al cuarto de Miguel, sigue durmiendo, tengo apenas veinte minutos para leerlo. Empiezo con tal ímpetu que a la cuarta línea descubro que tengo que parar, calmar la emoción y comenzar de nuevo. Respiro profundamente un par de veces y empiezo a enterarme de lo que leo. «Aparecí así, sin más, caminando por el andén de una estación de metro. Me giré y vi que una chica que caminaba a mi altura en el andén de enfrente se volvía al mismo tiempo.» Siento un vuelco en todo el cuerpo. ¿Pero no era yo el que anduvo así con Irene el sábado pasado por la noche? Ya no puedo dejar de leer. Apenas reparo en las faltas de ortografía o en las incorrecciones gramaticales. La historia me absorbe. El protagonista del cuento —ya no sé si es mi hermano o soy yo; quizá no seamos ninguno o quizá seamos los dos— se para a la vez que la chica, en el centro del andén, y se quedan mirando el uno al otro. Aquí mi hermano hace uso de algunas frases típicas del estilo de: «el tiempo se paró» o «el mundo desapareció a nuestro alrededor», pero tampoco se le pueden pedir maravillas. La chica y él cruzan miradas cargadas de deseo. Se conocen de sobra sin haberse visto antes porque ambos se estaban buscando desde hace mucho. No saben por qué, pero ya no podrían dejar de mirarse. En cada andén, sendas pantallas indican que quedan tres minutos para la llegada de sus respectivos trenes. Entre varias frases normales, malsonantes o catastróficamente construidas, mi hermano deja caer alguna que realmente sorprende. Por momentos, llega a transmitir algo. El amor entre los protagonistas va creciendo a la velocidad de la luz mientras las pantallas indican que el tiempo se va acabando. Todo lo hacen igual, como si cada uno fuese el reflejo del otro. «Entonces se empezó a escuchar el ruido», escribe. Cada uno mira hacia un lado y ve a lo lejos, por el pasillo oscuro, las luces del metro y su reflejo sobre los raíles acercándose en la oscuridad. Vienen los dos metros al mismo tiempo y el ruido se acompaña ahora de un temblor que estremece suelo y paredes. El destino ha acertado con la estación pero se ha equivocado de andén. Cada segundo les acerca al final. Las miradas ya son de amor desesperado, de despedida inevitable. Entonces, cuando la tensión es casi inaguantable, ella hace un gesto apenas perceptible que él, y sólo él, comprende al instante. Resuelto, echa una ojeada veloz a ambos lados —los trenes no tardarán en entrar a la estación—, y sin pensárselo salta a las vías y corre hasta el otro lado. Con un brinco felino, se encarama al andén de enfrente, entre un ruido ensordecedor de máquinas y gritos. El aire que arrastran los vagones le hace bailar el pelo, pero ella se encarga de amansarlo. «Y así supe», termina magistralmente Miguel, «que ése era mi andén y la de esa chica mi dirección». Paso la última página doblemente emocionado, por la historia en sí y por haber sido mi hermano el que la haya escrito. Miro el reloj y corro hasta la ducha, embriagado por una felicidad casi perfecta. El despertador de mi hermano empieza a sonar. Después de terminar de despertarse, le oigo por el pasillo, pero no llega a la cocina, antes se ha detenido a la altura de mi cuarto. Seguro que se ha asomado y estará comprobando, al ver las hojas sobre la cama deshecha, que lo acabo de leer. Cuando termino de ducharme y vestirme, voy a la cocina. Miguel está de pie. Tira los papeles de las magdalenas a la basura y deja el tazón vacío en el fregadero. Al volverse, se percata de mi presencia y da un pequeño respingo. Es el momento, venga Eduardo, ahora le dices a tu hermano todo lo que piensas y... Sin embargo, cuando me voy a lanzar a hablar, algo me retiene, algo extraño que surge paradójicamente del mismo cerebro que me empuja a hablar. Mierda, no voy a poder. Miguel, a falta de una reacción mía, me esquiva y se pierde por el pasillo hasta el cuarto de baño. Desayuno. Llega la hora de irme y Miguel no ha salido aún de la ducha. Preparo la mochila lentamente y, después de una última mirada a la puerta del baño, salgo de casa. Ya en la calle, empiezo a regañarme por no haber sido capaz de coger el guante que mi hermano me ha echado. Conociendo a Miguel, y teniendo en cuenta nuestro odio declarado, no le debe de haber resultado fácil dar el paso de enseñarme el cuento. Ya sólo con eso tendría que haber sido suficiente, pero si encima va y la historia me maravilla... Camino hacia la parada del autobús. ¡Qué asco! Todos los días llena de la misma gente. Nada nuevo. Ya sé quién da más codazos o con quién me puedo colar más fácilmente. No hay novedades, no hay alicientes. Mis pasos van perdiendo decisión a medida que me acerco, y cuando al fin llego, decido darme la vuelta. En unos minutos alcanzo la boca del metro de al lado de casa y me siento fuera. Sé lo que estoy haciendo, esperar a Miguel, pero no quiero pensar mucho sobre ello, no sea que acabe echándome para atrás. Deben de quedar unos siete minutos para que llegue. Los paso mirando a la gente entrar y salir. Esto sí que es una fuente de historias, y no el autobús. Mi hermano aparece de pronto por el portal, cabizbajo. Va hablando solo, aunque no tan exageradamente como para parecer loco. Qué raro, no lleva el *walkman*. Cuando pasa a mi altura, ni siquiera repara en mí. Lógico, soy la última persona que espera encontrarse aquí.

—Pssst.

Gira la cabeza con desgana, casi más por curiosidad que por esperar que sea para él la llamada. Cuando me ve, aunque intenta disimularlo, sonríe.

—¿Qué haces aquí?

—Es que las historias del autobús son muy aburridas y además no hay andenes con chicas enfrente.

Me hace un gesto para que le acompañe escaleras abajo. Pese a que está nervioso, le veo mucho mejor que cuando salía por el portal. Entramos por los tornos y bajamos las escaleras mecánicas sin cruzar palabra. Cuando llegamos al andén, su cuento se reaviva en mi memoria. Los dos nos quedamos mirando al andén de enfrente, como si esperásemos encontrarnos sendas gemelas para protagonizar la historia.

—Miguel —le digo, aún mirando hacia el frente—, ¿y si faltamos a clase?

Mi hermano sonríe, lo veo por el rabillo del ojo.

—A bueno se lo has ido a decir.

—Prometo no chivarme.

El metro llega con su habitual estruendo de serpiente metálica reptando por galerías subterráneas. Entramos al vagón. Se cierran las puertas y nos internamos en el túnel.

—¿Y dónde vamos? —me pregunta, casi con miedo, como si no supiese un sitio adecuado donde llevarme.

—Donde vayas habitualmente, a mí me da igual.

Después de descartar los futbolines, porque yo no tengo ni idea de jugar, convenimos ir a un parquecillo cercano, cuyos bancos reflejan, en forma de letras pintadas o grabadas con una llave o una navaja, la mitad de las historias de amor del instituto. Antes de llegar, nos pillamos unas latas y una bolsa de patatas fritas. De camino hacia uno de los bancos libres, me doy cuenta de que no somos los únicos del instituto que madrugan para no ir a clase. Miguel saluda a varios grupos, que no me quitan ojo. «¿Pero qué hace éste con su odiado hermano?», se estarán preguntando. Nos sentamos sobre el respaldo del banco y abrimos las latas y la bolsa. Alguno tiene que romper el hielo y creo que, por la diferencia de estados de ánimo, tengo que ser yo.

—*La chica del andén de enfrente*, el título, así de primeras, ya me gustó, pero cuando empecé a leerlo, vi que el cuento no desmerecía. Te felicito.

—¿Te ha gustado? Tío, ya sé que te habrá resultado raro, pero me salió así, de pronto, jo, no sé cómo explicártelo.

Miguel está tan emocionado que no termino de creerlo.

—Llámalo inspiración.

Se queda mirando a un punto más allá del infinito, y de repente me mira a los ojos.

—Edu... —no recuerdo la última vez, si es que ha habido alguna, que me llamó Edu—. Te tengo que contar una cosa, te vas a mosquear conmigo, pero me siento en la obligación.

Me empieza a contar que, como Yolanda está en un programa de libros, decidió dejarle mis cuentos como si fuesen suyos, para impresionarla, pero que se arrepintió al instante. Y para colmo, ella se dio cuenta del asunto.

—Si te sirve de consuelo —termina Miguel—, volvió flipada con ellos.

El pobre me mira con la misma cara que pone en

casa cuando da las notas y yo no puedo hacer otra cosa que reírme, a carcajada limpia.

—¿No te ha sentado mal? —me pregunta, algo confuso.

—Al contrario, me ha sentado de maravilla. Mira. Miguel, lo vas a entender con tu propio ejemplo. ¿Qué has hecho nada más escribir el cuento? Enseñármelo. ¿A que hubiese sido superior a tus fuerzas borrar *La chica del andén de enfrente* nada más terminar de escribirlo? ¿Ves? Uno puede ir de rebelde, de *outsider*, de autosuficiente, de lo que quiera, pero cuando escribe, no siente el círculo cerrado hasta que al menos una persona le lee.

—A mí ya me han leído dos personas, creo.

—Yolanda y yo, ¿verdad?

Sólo con oír su nombre, se pone a hablar de ella sin parar, casi atropelladamente. Entre las mil vueltas que le da a todo, logro coger el hilo del tema. Ella rompió con él el sábado pasado por no pedirle que cambiase —precioso—, y esa misma noche escribió el cuento. Al día siguiente, no pudo esperar y se lo echó directamente en su buzón. Miguel creía que le iba a llamar al instante, aunque fuese para decirle que el cuento no era suyo, pero ha pasado casi una semana y ya no sabe si seguir comiéndose las uñas o arrancárselas de cuajo. Se le ocurren las explicaciones más peregrinas para justificar la tardanza, y mientras las enumera, me descubro en él; es decir, descubro en su cabezota atolondrada razonamientos, deseos, miedos, esperanzas o angustias que creía exclusivamente míos. De este modo entro al trapo y los dos intercambiamos explicaciones inverosímiles como en un trepidante peloteo de ping-pong.

—¿Y si me he equivocado de buzón?

—¿Y si cuando te fue a llamar estaba tan emocionada que las lágrimas corrieron la tinta e hicieron ilegible el número de teléfono?

—¿Y si le ha pasado algo grave y yo aquí, sin enterarme?

—¿Y si su madre ha cogido tu cuento y se lo ha guardado porque no quiere que su hija esté con alguien capaz de atravesar las vías cuando viene el metro?

—Pero si lo del cuento es algo figurado. No, en realidad Yolanda es inconquistable, y ya puedo pasarme toda la vida mandándole cuentos, que no me va a hacer ni caso. Yo creo que ni con el Nobel.

Después de exprimirnos los sesos, cuando creemos que ya no nos quedan más explicaciones posibles, le digo que se tranquilice, pues siempre sucede lo mismo en estos casos. Justo aquello en lo que no has pensado, resulta ser lo cierto. Damos los últimos tragos a las latas, rebañamos los trocitos de patata que quedan al fondo de la bolsa y nos quedamos mirando.

—Tendríamos que ir a Matemáticas —me dice—. El Loco está un poco quemado conmigo y si vuelvo a faltar...

—Pues vamos.

Cuando me levanto del banco, tengo la impresión de que me llevo el respaldo en el culo, ¡qué dolor! No creía que hubiésemos estado allí tanto tiempo. Caminamos hasta el instituto, entramos y subimos al segundo piso, donde está nuestra clase. Miguel, más experto en la materia, me enseña el lugar estratégico, al principio del pasillo, donde esperar hasta que salga el profesor anterior.

—El Homer siempre se va hacia el otro lado —me aclara.

Al poco tiempo, en el pasillo se empiezan a oír puertas abriéndose y el bullicio aumenta hasta que el pasillo se convierte en un auténtico manicomio. Por primera vez lo veo desde fuera, desde el otro lado. Es una sensación extraña, como si al ir a entrar en clase me fuera a encontrar conmigo mismo, sentado en mi pupitre; pero desaparece nada más atravesar la puerta, momento en que los decibelios bajan y las miradas se dirigen hacia nosotros. Es lógico, después de conocernos, no les cuadra que yo haya faltado a clase y que ahora entremos juntos y sonrientes. Charlamos un ratillo hasta que llega el Loco. Me hace gracia ver a los de su pandilla, que miran confundidos a Miguel y no se atreven a acercarse. De pronto se oyen unos golpes secos que todos reconocemos al instante: es el Loco, aporreando la mesa con su regla de madera. Nos dirigimos cada uno a nuestro asiento y los murmullos se van convirtiendo en hilillos de voz que mueren con las primeras palabras de el Loco.

—Venga, chicos, que queda mucha materia por dar y los exámenes se nos echan encima. A ver, Matilde, ¿dónde nos quedamos ayer?

Ya soy un maestro en el arte de desconectar de clase, así que ni siquiera llego a escuchar la repelente voz de Matilde. Desde que he leído el cuento, noto que tengo un asunto pendiente conmigo mismo y que no he podido atender al estar con mi hermano. Pero ahora, ya flotando en la nube de todos los días, intento recomponer esa impresión. El cuento de Miguel se entrelaza misteriosamente con mi relación con Irene. Es algo inquietante, que aun estando cerca no se deja atrapar. A lo único que llego por ahora es a que, de alguna forma que espero no tardar en encontrar, tengo que atravesar las vías. Irene está conmigo, pero también está al otro lado. Hay algo que me queda por hacer, un salto por dar, no sé. Comienzo a garabatear la hoja con un lápiz y me sale, no podía ser de otra forma, el boceto de una parada de metro, con sus dos andenes y con sus vías. Me animo e intento no dejarme detalle: el contador del tiempo que falta para que llegue el siguiente metro, las papeleras, los interfonos para comunicarse con la taquilla, los asientos de plástico, las salidas, los carteles publicitarios y los que anuncian el nombre de la estación, las líneas pintadas en el suelo y que no hay que sobrepasar. A continuación, oscurezco el túnel y dibujo a lo lejos dos puntitos de luz. Sólo me faltan el chico, cruzando las vías, y la chica, esperando al otro lado, pero no me da tiempo ni siquiera a apoyar la mina, ya que de pronto el papel sale disparado hacia un lado. ¡Horror! El Loco está junto a mí, de pie. La clase permanece en el silencio más absoluto. Todos están mirando el papel que el profesor sostiene en sus manos.

—Aquí es donde vas a terminar tú —dice, señalando el dibujo—, pidiendo limosnas en el metro. Por el momento, ya puedes salir de clase —las intimidatorias palabras de el Loco hacen estallar dentro de mí eso que me hace ponerme rojo.

Mirando hacia el suelo, sigo la dirección de su dedo y cierro la puerta por fuera. No lo acabo de entender, los profesores suelen pasar de mí porque no molesto a nadie. En fin, habrá tenido un mal día. Ahora a ver cómo paso estos cuarenta minutos que me quedan hasta que termine la clase. De pronto se empieza a oír la voz de el Loco, a grito pelado, traspasando la puerta. Instantes después se abre la puerta y aparece Miguel. La cierra con cuidado, se gira y en cuanto nuestros ojos se encuentran, rompemos a reír, aunque sin mucho escándalo para que no nos oigan. Le pregunto por el motivo de su expulsión.

—No sé, sólo le dije que si me enseñaba el dibujo.

—¿Aprobarás algún año con el Loco?

Miguel

No me queda más remedio que reconocerlo: hoy Eduardo se ha portado. A ratos me ha hecho olvidar la obsesión de si Yolanda llamará o no. Pero es viernes, y se acerca peligrosamente la hora de su programa. No sé si podré resistir el verla tan cerca y sentirla tan lejos. Mi hermano dice que Irene no sale los viernes por no sé qué historias de una organización, así que aquí le tengo, sentado a mi lado en el sofá, leyendo. No le molesta ni la tele. Pese a todo lo ocurrido hoy, no me gustaría ver el programa junto a él. Quién me dice a mí que no me voy a echar a llorar en mitad de la entrevista u otra cosa por el estilo. Sé que es algo ridículo, pero todavía estamos atados por muchos prejuicios. De vez en cuando me gustaría expresar todo lo que siento: a ti te quiero, a ti te estoy infinitamente agradecido..., pero es muy difícil. No sé por qué, pero lo es. Eduardo cierra el libro y lo deja sobre la mesita. Comienza el programa. Hasta que llegue la sección de Yolanda va a pasar un rato, pero yo ya no pienso despegar mis ojos de la pantalla. La primera entrevista es a un escritor que no conozco. Su última novela es un desfase increíble sobre un hombre que recibe, así por las buenas, el encargo de vigilar a su vecino, que luego resultará no ser su vecino, sino él mismo. Y además, el hombre que le hizo el encargo también acaba siendo él mismo, o algo así. No sé, no acabo de pillar muy bien el tema. Mi hermano dice que parece interesante y yo le miro con una ceja levantada en un gesto de no entender. La entrevista dura y dura, parece que nunca va a llegar Yolanda, y termino cogiéndole asco al buen hombre. Cuando ya casi no puedo aguantar más, el presentador da paso a la sección de literatura juvenil y mis vísceras empiezan a descolocarse. Yolanda aparece en la pantalla, con sus mechas, y yo tengo que agarrarme al reposabrazos del sofá. Presenta al escritor —¡qué voz tiene Yolanda!—: un chaval joven, no muy experto en estar delante de las cámaras, que suda exageradamente. Su libro trata de un ciclista que corre en un equipo de aficionados y que está enamorado de la hija del director de equipo.

—¿Cree que el escritor tiene un compromiso con cada palabra que escribe o puede escribir algo y luego no actuar en consecuencia?

El autor se queda un poco confuso con la pregunta, pero ni siquiera la mitad de lo que lo estoy yo. Esa pregunta me la ha hecho a mí. Miro a Eduardo para verificar que mi impresión no es fruto de la necesidad. Él se está riendo, no sé cómo tomármelo.

—Al chico le cuesta conseguirla —dice Yolanda, ahí enfrente, tan encantadora como sólo ella puede ser—, pero no cede en su empeño.

—¡Me lo está diciendo a mí, Edu, a mí, me lo está diciendo a mí!

A ver si termina ya de contestar el otro, que me muero de ganas de escuchar a Yolanda.

—¿El final feliz es para mostrar a los chavales que aunque están en una edad difícil, aunque a veces se sienten perdidos y desorientados, siempre hay esperanza?

¡¡¡La leche!!! Que alguien me ate al sofá o salgo volando de un momento a otro. Final feliz, ha dicho final feliz. Al escritor se le ve cada vez más incómodo, debe de notar de alguna manera que la entrevista no le pertenece.

—Ha sido un placer hablar con usted. Esperamos con ansia que escriba más, que no pare.

La entrevista termina y Yolanda desaparece de la pantalla, dejando en mi oído resonancias agradables. Mi hermano se ha levantado y está junto al teléfono cuando abro los ojos.

—Lo acabo de ver todo claro —me dice—. Dime el teléfono de Yolanda.

—Oye, que lo de actuar en consecuencia lo decía por mí, no por ti.

—Tú dímelo.

Sin entender nada, se lo digo. Él marca y se sienta en el suelo con el auricular pegado a la oreja.

—Todo claro. Lo tuyo, lo mío, lo de los dos, lo de las chicas del andén de enfrente, todo es lo mismo —me dice mientras aguarda a que Yolanda descuelgue.

Yo me acerco a su lado. No entiendo nada de lo que pretende Eduardo, pero lo hecho, hecho está, así que habrá que dejarle. Me puede hacer la putada del año o el favor del siglo. Estoy tentado de arrebatarle el teléfono y ponerme yo a hablar. Ayer lo habría hecho, pero hoy no puedo.

—¿Yolanda? (...) No, soy Eduardo, su hermano. ¡Quita, Miguel, ahora te dejo el teléfono! —añade sin que yo haya hecho nada—. Te llamaba, si es que mi hermano me deja, para preguntarte cuándo tienes vacaciones. (...) Y no tienes ningún plan que no sea cancelable, ¿verdad? (...) Porque creo que vas a venir con Miguel, con Irene y conmigo a la ruta de los hospitales.

—¿Queeeeé? —pregunto yo, y Yolanda debe de estar diciendo lo mismo al otro lado del teléfono.

—Pues eso. El proyecto se llama «Una sonrisa para el verano». Te lo digo ahora, pronto, para que vayas haciéndote poco a poco a la idea. (...) Con Payasos sin Fronteras, repartiremos un cargamento de sonrisas a los niños. ¿Has visto qué bonito? Además, a Miguel lo de payaso le viene que ni pintado.

Estoy atónito, no reacciono. Mi hermano habla y habla y con su entusiasmo nos va convenciendo a los dos a la vez; o si no convenciendo, pues en medio minuto no hay tiempo, sí creando un caldo de cultivo en el que la idea crece y se hace cada vez más apetecible.

—¿Sabes, Yolanda? —prosigue—. Ayer, en el programa de radio que suelo escuchar, oí el siguiente proverbio sueco: «los jóvenes van en grupo; los adultos, en pareja; y los viejos, solos». Pues bien, hace unos meses yo era viejo, ahora soy adulto y espero no tardar mucho en ser joven. (...) ¿Que a ti también te llaman vieja? ¡Qué casualidad! (...) ¿Miguel? Está ilusionadísimo. Incluso me ha propuesto, ahora que se acercan los exámenes, ir a alguna biblioteca a estudiar para ver si aprobamos alguna más de cara a nuestros padres. Aunque creo que en cuanto les digamos que queremos ir a un viaje juntos, solamente de la alegría, nos dejan. Bueno, te paso con él para evitar que me haga tragar el mando a distancia. Se está poniendo celosón.

Eduardo se separa el auricular de la cabeza, tapa con la mano el hueco por donde se habla y me dice que ahora me toca a mí rematar la faena. «Intentaré estar a tu altura», pienso a la vez que le guiño un ojo. A continuación, Eduardo se marcha del salón para dejarme intimidad. Yo no sé si en su lugar lo habría hecho. Cojo el teléfono con tanta confusión como esperanza.

—¿Yolanda?

—¿Qué tal, Miguel?

—Ya ves, hemos estado viendo tu entrevista y... vamos... no sé si estaré un poco loco, pero creo que iba dirigida a mí. Ahora estoy tratando de, como tu decías, actuar en consecuencia con lo que he escrito.

Ella sonríe y su sonrisa recorre los cables del teléfono, entra por mi oído y se extiende dentro como un bombazo de plumas. Qué bonito es el amor...

—¿Dirigida a ti? ¡Qué tonterías se te ocurren! Creo que te dije un día que los programas se grababan con más de un mes de antelación, el de hoy, por ejemplo, lo debí de grabar hace seis semanas por lo menos.

Me entra un extraño tembleque en una de las piernas que empieza a subir por la cintura y el tronco y que alcanza mi boca justo cuando pronuncio:

—¿Ah, sí?

—En lo referente al cuento...

—Otra puñalada no, por favor.

—Precioso, sí señor. Además, supe que era tuyo y no de tu hermano porque algunas frases dejan mucho que desear, y de lo de las faltas de ortografía mejor no hablar. Pero creo que lo importante es el mensaje. ¿Estás dispuesto a dar el salto?

—Lo fácil sería responderte inmediatamente que sí, pero lo que te diga ahora no sirve de mucho, ¿no crees? Esta tarde mi hermano me preguntó que dónde nos conocimos y me resultó tristísimo tenerle que decir: ella a mí, en el Otro Sitio; y yo a ella, en el kilómetro cero. Es un primer paso. Por cierto, ahí es donde él conoció a Irene, fíjate qué casualidad.

—Miguel...

—¿Qué?

—He estado toda la semana esperando que me llamases, histérica perdida.

—Yo también, tía, el lunes empecé a comerme las uñas y hoy ya me he comido hasta los dedos. Ahora sólo tengo muñones. ¿Me querrás de todas formas?

—Miguel, no me puedo creer que quieras ir a ese viaje.

—Yo sólo quiero ir contigo, puntualicemos. Al principio, cuando Edu me lo comentó —miento un poquito—, le dije: ¿y qué se me ha perdido a mí en los hospitales de España? Él me contestó: una chica llamada Yolanda. Y no pude poner una sola pega. Pero vamos a dejar de hablar. Hoy he oído tu voz por la tele, ahora por el teléfono, necesito oírla al natural. Te paso a buscar a tu casa y nos vamos a dar una vuelta.

—Perfecto.

Nos despedimos hasta luego. Llamo a Eduardo, que no tarda en llegar.

—¿Qué tal? —me pregunta ilusionado.

—Perfecto.

Me da unas palmadas en el hombro, y señala el teléfono, como si aún quedase en el auricular algo de Yolanda..

—Tío, habrá amores que maten, pero otros dan la vida.

Nos sentamos en el sofá del salón.

—Oye, Edu —le digo—, ahora que estamos en plan sincero, a ti Yolanda te gustaba, ¿eh?

—Casi tanto como a ti te va a gustar Irene cuando la conozcas.

Si queréis seguirme,
ésta es mi mano y ése es el camino.

BLAS DE OTERO

Índice